Nadia Morbelli

Hanno ammazzato la Marinin

GIUNTI

www.giunti.it

Via Bolognese 165 - 50139 Firenze - Italia
Piazza Virgilio 4 - 20123 Milano - Italia

Prima edizione: luglio 2012
Prima edizione tascabile: giugno 2013
Quarta ristampa: novembre 2016

Tutti abbiamo vite banali, ma appena le si guarda da vicino sono un forziere di storie. Una dentro l'altra. Come le scatole cinesi... E nell'ultima ci trovi la *flutta flitta*.

Tutte le storie raccontate in questo romanzo sono vere. Tutte tranne una: quella principale, quella dell'omicidio della Marinin. Naturalmente sono frutto di fantasia i protagonisti, e in parte i luoghi dove si dicono essere accadute. Si intuirà facilmente, nel corso della lettura, che in fondo quello che più interessa all'autrice sono le piccole vicende, quasi insignificanti, delle persone comuni, fatti a volte tanto bizzarri da non riuscire a credere possano essere davvero accaduti a qualcuno, adesso o nell'immediato passato. I soli che, in fondo, meritano di essere narrati.

Prologo

Faceva un tempo da lupi. Con quel po' po' di buriana che tirava dal mare sembrava una sera di novembre, altro che la vigilia di Pasqua, per quanto bassa fosse caduta quell'anno. Quando l'aereo era atterrato già tirava un vento da paura. Che all'aeroporto di Genova, quando c'è 'sto tempaccio, per prendere l'aria di muso l'aereo si fa una bella virata sul mare, e hai le onde proprio lì, a un palmo dal naso, e sembra ti guardino fisso nelle palle degli occhi. Come l'orco delle favole. Scendere dal tassì e infilarmi nel portone era bastato per farmi infradiciare. Io, il trolley, lo zaino col computer e la montagna di borse, borsine, sacchetti, frutto della mia convulsa, appassionata attività di shopping in terra partenopea. Il rilancio dell'economia italiana poteva far conto su di me, senz'ombra di dubbio.

Finalmente a casa! Avevo depositato tutto nell'ingresso, vicino alla scultura con un uovo – credo di gesso – perpetuamente oscillante a perpendicolo su un tronco nodoso, regalatami da un amico artista in occasione del mio precedente compleanno. Avrei dovuto sistemarla altrove, che lì impacciava e basta... Ripromettendomi di farlo quanto prima, mi ero tolta la roba bagnata di dosso nello studio, per evitare di sgocciolare sul parquet della camera da letto, e avevo preso un po' di fiato. Poi avrei pensato a organizzarmi, nell'ordine, la serata, Pasqua e Pasquetta. In mutandine e reggiseno, incredibilmente zuppi pure loro, avevo indugiato con lo sguardo sulla mia figura riflessa nello specchio ovale sopra il mobiletto che era stato della nonna: un'acciuga. Secca come un'acciuga! Eppure, da vestita, non sembro così magra...

«Deve essere per via che sono bassetta...»

Ma i solchi delle costole sotto i pizzi del "balconcino" color cipria spazzavano via ogni possibile alibi, anche quello più elaborato. E più ruffiano. Avevo avvicinato il viso a quell'altra me stessa che mi scrutava impietosa: due occhiaie profonde denunciavano con chiarezza uno stile di vita non troppo accorto, né morigerato.

«Mmm... urge un ritocchino alla tinta...»

Dovevo assolutamente prendere un appuntamento dalla parrucchiera: sarebbe potuto andare bene il giovedì sul tardi... Tanto per scansarmi l'affollamento canonico del venerdì. E il chiacchiericcio insulso di quelle che dalla pettinatrice ci vanno anche e soprattutto per passare il pomeriggio. Magari, invece del solito mogano, si sarebbe potuto azzardare un bel rosso acceso. Così, tanto per ravvivare un pochetto il look...

«Ecco, ci mancava anche questa! È andata via la corrente!»

Dalla finestra, però, filtrava la luce della strada. Scostate le tendine in sangallo, era uno spettacolo guardare le raffiche di pioggia nel cono luminoso proiettato dalla Lanterna. Come se la buttassero a secchi. Come se non fosse mai piovuto. Poche macchine procedevano lentamente in salita, lungo la via che assomigliava sempre più a un torrente: Mura degli Angeli come Manila...

«Vorrà dire che mi faccio un bel bagno, e i bagagli li disfo più tardi.»

Un bel bagno. Due candele aromatizzate alla magnolia per rischiarare quel mortorio e la vasca piena fino all'orlo, a dispetto degli stuoli sterminati di persone che l'acqua non ce l'hanno neanche per bere, altro che per lavarsi.

«Possibile che non riesca mai a mettere a tacere questa coscienzaccia zozza? Neanche per uno stupido bagno che è un diritto stra-che-acquisito, e da decenni, per ciascun occidentale degno di questo nome? Toh, e ci metto pure una di queste palle frizzanti, ultima frontiera del consumismo di bassa lega.» Che oltre a essere inutili inquineranno pure un sacco, ma secondo la signorina di Lush hanno l'invidiabile potere di manifestare in maniera tangibile, e incontrovertibile, l'amore che proviamo per noi stessi... Avevo appena messo una gamba in quel peccaminoso turbinio di bollicine profumate e subito mi era balenata in mente l'immagine della via spazzata dalla pioggia:

«Ma la casa di fronte la luce ce l'ha!».

Ne ero certa: poche, ma c'erano delle finestre illuminate.

«Lo sapevo: mi è di nuovo saltato il salvavita. Basta un niente!»

Eppure non mi era parso di aver visto il bagliore del lampo, né sentito il rumore di un tuono. A ogni modo era meglio andare a controllare. Scalza e con un piede ancora gocciolante, facendomi strada nel disordine che regnava sovrano, e urtando il mobile piazzato a metà del corridoio, mi ero diretta all'armadietto del contatore. Lo avevo aperto e a tentoni avevo cercato la levetta incriminata: tutto a posto. Strano! Richiuse le antine l'occhio mi era caduto sullo spioncino della porta di casa.

«Vediamo se c'è la luce nelle scale.»

Niente da fare. Buio pesto.

«Sempre detto che questo è un palazzo di merda: amministratore infingardo, condomini rognosi, impianti rappezzati.»

Così me ne ero tornata alle mie bollicine, immersa fino al collo a ragionare sul menù che avrei propinato ai miei ospiti l'indomani. E il giorno seguente. Meno male che a Napoli avevo comperato un *casatiello* e due mozzarellone di bufala, sicché il problema del secondo era in parte risolto.

«Speriamo solo che mamma abbia trovato i carciofi: che faccia un freddo cane, passi, ma senza torta pasqualina, che Pasqua sarebbe?»

Uno

Tre giorni dopo. Di nuovo a casa. Il Signore, dall'alto dei cieli, nella sua infinita bontà aveva operato in modo che il mio principale, a dispetto dell'inclemenza della stagione, se ne fosse andato a trascorrere la Pasqua in riviera con la famiglia. Quindi avevo tutto il martedì di buono. Cioè di ferie. Il trolley era ancora lì. Intatto. Pacchi e pacchetti sparpagliati attorno, sul pavimento dell'ingresso.

Ovviamente, sabato sera la luce era tornata. Alle nove. Avevo avuto giusto il tempo per truccarmi, vestirmi e uscire. Avevo messo su il vestitino optical bianco e nero comperato in extremis a Napoli la mattina stessa, prima che il tassì mi portasse in stazione: mi ero infilata gli stivali e l'impermeabile, abbottonato fino al collo. Poi via!... alla faccia delle occhiaie! Altro che disfare i bagagli... E la mattina dopo, che vuoi: dormi un po' di più, riordina le idee, cerca di ricordare tutto quanto c'è da portare, cibarie comprese... Già così ero arrivata al paesello alle undici passate, con mia madre inviperita: «Possibile che neppure a Pasqua? E sì che pretendi anche di cucinare!». Sì, pretendo di cucinare. Del resto è la sola cosa che mi consente di mandar giù le feste "canoniche".

Comunque ora ero a casa, e avevo praticamente tutto il pomeriggio di fronte. Libero. L'idea era quella di imbastire il saggio su un "fondo" di manoscritti conservati alla Biblioteca nazionale di Napoli che mi era stato richiesto da una rivista del settore un mesetto prima. Ogni tanto, per fortuna, qualcuno si ricorda ancora che sono una paleografa, oltre che una dipendente delle Edizioni Althea. Quindi, con calma, avrei tolto la roba dalla valigia e fatto la lavatrice. Pronta per riprendere, l'indomani, il tran tran consueto.

Così avevo acceso il computer e messo su un cd di musica jazz, di quello "caldo", anni cinquanta. Dalla finestra socchiusa entravano, attutiti, i rumori della strada: le risa dei ragazzini che giocavano nei giardinetti di fronte godendosi l'ultima coda delle vacanze pasquali, i fischi dei merli che avevano il nido nei lecci del vialetto, qualche rara automobile che passava nella via accanto. In quella pace, la stesura dell'articolo procedeva spedita, e gongolavo all'idea che, avendo ormai sottomano tutto il materiale che mi serviva, avrei potuto consegnare il pezzo nel giro di un paio di settimane, in largo anticipo sulla scadenza.

Stavo lavorando da poco più di due ore quando la quiete di quel pomeriggio finalmente primaverile era stata rotta da un vociare concitato proveniente dall'appartamento vicino. Come sempre stavano litigando. O, perlomeno, come sempre da quando a turbare la pace famigliare era arrivata la signora Maria, per tutti Marinin. Una vecchiaccia terribile, veramente tremenda. Da non credere che fosse proprio la madre di Anna, una signorina così a modo, così riservata, di un'eleganza discreta. Gonne appena sotto il ginocchio, scarpe basse o al massimo col mezzo tacco, mai colori vistosi, trucco delicato. Il solo vezzo che si concede sono i colpi di sole a movimentare il folto caschetto castano, e dei variopinti foulard di Hermès. Una sorta di doppio speculare del marito, Giorgio: giovanotto di buona famiglia, fa l'avvocato in un importante studio legale di cui è titolare lo zio, e veste di conseguenza. Un tipo silenzioso ma cordiale, di quelli che sorridono volentieri, ma son restii alla conversazione. Il bimbetto, poi, sembra il piccolo lord Fauntleroy. L'unico dell'asilo, credo, a portare i calzoni al ginocchio e camicine bianche con grossi colletti rotondi, come si usava una volta. Dal giorno in cui erano venuti ad abitare a fianco a me potevo dire di non averli mai sentiti fiatare. Fino a cinque mesi prima, quando appunto si era insediata a casa loro la Marinin, rimasta vedova da poco: un donnone tarchiato, con due tette enormi e i capelli grigi ancora decisamente screziati di nero, nonostante l'età. Così erano iniziate le liti... Con la figlia, innanzi tutto. E con i vicini. Nel caseggiato tutti, perfino io che a casa ci sto pochissimo, possiamo vantare una bella litigata con la Marinin. I pretesti sono i più futili: il volume dello stereo o della televisione troppo alto, l'ombrello bagnato dimenticato appeso al corrimano, il portone lasciato aperto, e via discorrendo.

Ma in particolare la Marinin ce l'aveva con Dora, la vicina del piano di sopra. La ragione prediletta del contendere erano i panni stesi che, a suo dire, venivano lasciati con premeditazione a gocciolare sul suo terrazzino, e sulla sua biancheria. Ovviamente non era vero, oppure sarà successo un paio di volte, come capita a tutti, ma la Marinin l'aveva preso come punto d'onore ed era arrivata a vendicarsi sporcando con la terra dei vasi i tendoni écru che Dora aveva messo ad asciugare. Dora, che pure è psicologa e lavora in un centro di igiene mentale, a quel punto aveva perso la pazienza, si era messa a urlare e la Marinin aveva chiamato le forze dell'ordine. Rincasando, avevo incontrato sul pianerottolo un povero vigile che, allibito, stava cercando di metterla in ragione, davanti ad Anna rossa di vergogna e a Dora sinceramente costernata. Naturalmente tutto si era risolto in un nulla di fatto, a parte che le due non si salutavano più, e la Marinin, per indicare colei che era diventata, a suo dire, il nemico pubblico numero uno del palazzo, usava un ingrugnito "quella là", volgendo teatralmente gli occhi al cielo e torcendo gli angoli della bocca all'ingiù, per rendere manifesto il suo disgusto. Comunque era solo una questione di tempo: se continuava così, presto, le "quella là" sarebbero aumentate fino a comprendere, temo, tutte le inquiline del caseggiato.

Stavolta, però, la stavano tirando proprio per le lunghe e – roba da non credere! – distinguevo nella confusione anche la voce di Giorgio, in genere attento a non immischiarsi nelle beghe fra madre e figlia, un po' perché non era portato, un po' perché iniziava a rassegnarsi. Alla fine il parapiglia si era placato, e tutto era tornato tranquillo.

Subito dopo avevano suonato alla porta.

Non mi ero nemmeno alzata dalla sedia: non aspettavo nessuno e pensavo che potesse essere il solito venditore o un postulante, insomma un seccatore che era riuscito a farsi aprire il portone da qualcuno. Avevano suonato un'altra volta, e sullo sfondo avevo distinto chiaramente la voce dell'altra vicina, la signora Martinoni, che diceva:

– Insista, che la signorina c'è in casa. L'ho vista arrivare qualche ora fa.

«Sì, dalla finestra mi ha visto arrivare... La piccola vedetta lombarda. Che *ciattella* incredibile! Mai che si occupi degli affaracci suoi!»

Nemmeno il tempo di andare alla porta e avevano suonato per la terza volta:

– Signorina Morbelli, apra per favore. Polizia.

«Polizia?»

Due

Avevo avvicinato l'occhio allo spioncino: proprio la polizia. Materializzata in un bel ragazzone abbronzato e super-palestrato con i capelli rapati quasi a zero.

«Che vorrà mai da me la polizia?»

Aperta la porta, il poliziotto si era lasciato scappare un bel sorriso che andava a illuminare un volitivo mascellone american style. Forse era un sorriso di sollievo: ero in casa e non sarebbe dovuto tornare più tardi. Forse solo di circostanza, consapevole che la comparsa di un'uniforme è spesso avvertita come foriera di grane. Insomma, magari cercava semplicemente di tranquillizzarmi. Purtroppo senza risultati apprezzabili. Anche perché dai suoi modi trapelava un certo nervosismo, una qualche preoccupazione.

– La signorina Morbelli? Nadia Morbelli?

– Sono io. È successo qualcosa? Qualcosa di grave?

– No, no, niente di grave, almeno che la riguardi direttamente. Posso entrare un momento? Dovrei farle alcune domande.

Mi ero accorta che avevo aperto la porta soltanto poco più di un palmo, e gli avevo parlato sporgendo la testa da quello spiraglio. Da vera maleducata.

– Ci mancherebbe, certo, venga avanti. Si vuole accomodare un momento in cucina? Sa, sto lavorando e i due divani in sala sono sommersi di libri e fotocopie...

Lo sguardo gli era immediatamente caduto sul trolley aperto, e sulla varietà di cose sparse per terra. Pareva perplesso. Sicuramente stava pensando che fossi una specie di matta. Matta e disordinata, per giunta.

– Sono appena tornata da un viaggio…

Ero certa che sua moglie, ammesso che ce l'avesse, non si sarebbe mai messa a scrivere al computer senza aver prima disfatto le valige. Lo avevo preceduto lungo il corridoio, sperando che la porta della camera fosse chiusa, visto che non avevo ancora rifatto il letto né, tanto meno, sistemato gli abiti negli armadi.

– Lo prende un caffè?

Mi sforzavo di apparire normale, non so se ci stavo riuscendo per davvero. Nel frattempo si era seduto e aveva tirato fuori penna e taccuino: il taccuino lo teneva in mano, non so perché, dal momento che avrebbe potuto appoggiarlo comodamente sul tavolo di marmo, miracolosamente sgombro. Al contrario del bancone, dove attendevano di essere sistemati nel frigorifero, o negli armadietti pensili, i pacchetti – magistralmente confezionati da mia madre – con gli avanzi dell'esorbitante pranzo pasquale, come sempre molto al di sopra delle oggettive potenzialità "mangerecce" dei commensali.

– No, grazie, non si disturbi. Immagino che lei non sia stata ancora informata di nulla. Dai vicini, intendo dire.

Mi ero seduta anch'io.

– Di cosa dovevo essere informata? Allora veramente è successo qualcosa di grave!

– Scusi, prima cercavo di rassicurarla. In genere si pensa sempre ai propri famigliari, disgrazie, incidenti… Spesso portiamo brutte notizie. In realtà è successo qualcosa di grave. Ma, come le ho anticipato, a nessuno dei suoi cari. La signora Assunta Mammoliti è stata trovata morta in casa. Sicuramente si tratta di un omicidio e devo verificare se la sua testimonianza ci può essere utile...

«Assunta Mammoliti? Chi sarà mai questa Assunta Mammoliti? Perché son venuti a cercare proprio me?»

– Veramente non so neppure chi sia questa signora...

Mi ero accorta che stavo freneticamente attorcigliando sull'indice destro una ciocca di capelli sfuggita dalla coda. Così scarmigliata dovevo sembrare un mostro...

– Come? Si tratta della madre della signora Anna Merlo, la sua vicina di casa!

«Mio Dio, la Marinin!»

– La Marinin? Tutti la conosciamo come Marinin, o la signora Maria... La Marinin è morta? L'hanno ammazzata? E perché?

– Sì, di secondo o terzo nome la signora Assunta Mammoliti faceva pure Maria. Ecco: qui risulta Assunta Maria Filomena Mammoliti vedova Merlo. Sul motivo dell'omicidio stiamo appunto indagando. Signorina Morbelli, lei nei giorni scorsi è rimasta a casa? Ricorda di aver sentito qualcosa di insolito, di sospetto? Rumori, grida, trambusto...

– A casa? Sì e no... la Marinin? Non ci posso credere!

– Cosa intende esattamente per sì e no? Capisco il suo turbamento. Un fatto simile, accaduto a pochi metri di distanza... Però dovrebbe cercare di essere più chiara e aiutarci a ricostruire il quadro circostanziale dell'evento.

A pochi metri di distanza. Era esattamente quello che non avevo ancora messo a fuoco del tutto nella confusione dei miei pensieri. Veramente una sensibilità raffinata, quella del nostro agente! Già era grave che la Marinin fosse morta. Ancor più grave che fosse morta ammazzata. A pochi metri, poi, era gravissimo! Sarei riuscita mai a dormire quella notte?

– Allora, signorina Morbelli, mi ha accennato che è di ritorno da un viaggio. Quando è tornata, di preciso?

– Oggi?

– Be', saprà se è ritornata oggi o un altro giorno...

– No, nel senso che oggi son tornata dal paese, dove ho passato la Pasqua, sabato invece ero tornata da Napoli, dove ero andata per lavoro.

– Allora ricapitoliamo: lei è stata a Napoli...

– Per una settimana, sono partita la scorsa domenica, quella delle Palme, per iniziare il lavoro in biblioteca lunedì di prima mattina.

– Ed è tornata...

Naturalmente trascriveva tutto fitto fitto sul suo notes, senza perdere, almeno a quanto pareva, nemmeno una parola. Il mobile ad angolo su cui era appoggiata la televisione sfoggiava un dito compatto di polvere: meno male che l'agente gli dava le spalle, almeno una brutta figura l'avevo scampata! Con fare volutamente distratto mi ero sciolta i capelli, lasciando che i riccioli scompigliati mi invadessero il volto. Ora giochicchiavo con il mollettone sgranandone i rebbi come le perline di un mostruoso, zannuto rosario.

– Sabato, son tornata sabato. Sono andata a Roma in treno, ho visto un collega e ho preso un aereo attorno alle diciassette. Atterrato alle diciotto e venticinque, stranamente in orario.

– Al Cristoforo Colombo?

– Sì. Al Cristoforo Colombo.

– Quindi sarà arrivata a casa attorno alle...

– Diciannove. Alle sette ero a casa.

– Poi?

«Ora mi chiede perché non ho sfatto le valige.»

– Poi mi sono concessa un bagno caldo, mi sono truccata e sono uscita. Sa, il sabato sera...

– A che ora è uscita?

Non mollava la presa. Mi era toccato il poliziotto più zelante che mai avesse preso servizio sulla faccia della terra dalle origini ai giorni nostri.

– Verso le nove e mezza.

– Ed è rientrata alle...

– Mah, saranno state le due e mezza. Alle tre ero a letto.

– E la mattina successiva?

– Mi sono svegliata per le otto e mezza-nove. Sicuramente sono uscita di casa alle dieci. Anzi, alle dieci e dieci: lo ricordo perfettamente perché mi ha telefonato mia madre per sgridarmi in anticipo sul ritardo. Lo fa spesso.

Mi ero calata nella parte. Mi sembrava di non essere io ed essere invece la protagonista di un telefilm giallo. Ma di quelli scadenti, da fascia pomeridiana.

– Ricapitolando: lei era in casa sabato dalle diciannove alle ventuno e trenta e domenica dalle due e trenta alle dieci antimeridiane. In questi due lassi di tempo ricorda di aver sentito qualche voce o qualche rumore provenire dall'appartamento vicino?

– Assolutamente no. O perlomeno nulla che abbia attirato la mia attenzione.

– E quando è rincasata e uscita, entrambe le volte, cioè sia il sabato che la domenica, si ricorda se la porta dei Cigala fosse per caso aperta, o socchiusa?

– Guardi, non ci ho fatto proprio caso. Immagino che se ci fosse stato qualcosa di strano forse me ne sarei accorta. Ma non saprei dire.

Appena ultimato di trascrivere le informazioni che gli avevo fornito l'agente si era alzato, aveva recuperato il cappello posato sulla sedia vicina e se lo era messo sottobraccio.

– Grazie signorina Morbelli. Ci è stata di grande aiuto. Se non le dispiace prenderei nota del numero del suo telefono cellulare, e di quello dell'ufficio. Dovremo convocarla per formalizzare la sua deposizione, ed eventualmente per acquisire ulteriori dettagli.

Mi scocciava sempre un po' dare il mio numero di cellulare. In questo caso, però, non potevo certo evitarlo. E già paventavo l'idea di perdere altro tempo per "formalizzare la deposizione". Gli avevo dato entrambi i numeri e lo avevo accompagnato alla porta. Mentre la aprivo, avevo intravisto la fugace figura della Martinoni, in una svolazzante vestaglietta a fiorami, che sgattaiolava in casa. Ovviamente stava cercando di godersi al meglio quel posto in prima fila che la sorte le aveva riservato sul luogo del delitto. Non la si poteva biasimare: un'occasione così non capita tutti i giorni.

Tre

La mattinata successiva era volata in un attimo. Subito avevo fatto il debito rapporto al capo in merito alla "missione" napoletana. Perché a Napoli, in realtà, c'ero andata anche per lavoro... Diciamo che avevo preso i proverbiali due piccioni con una fava. Dovevo discutere i termini di un contratto per la traduzione di alcuni romanzi di un autore sudamericano ancora pressoché sconosciuto in Italia, e così avevo approfittato per andare a fare qualche verifica al fondo "Antichi e Rari". Al mio editore, il cui pessimo carattere non riesce a sopraffare una profonda sensibilità d'animo, avevo proposto una soluzione di compromesso: sarei stata via cinque giorni invece dei tre necessari (quindi non avrei intaccato le mie preziosissime ferie), e in cambio la casa editrice mi avrebbe rimborsato soltanto il viaggio. Al resto, vitto e alloggio, dovevo provvedere io. Così avevo immediatamente mobilitato gli amici napoletani, certa di poter contare sulla loro esuberante ospitalità.

Poi avevo aiutato Marcello, il nostro factotum, a preparare i pacchi di libri ordinati da alcune biblioteche straniere. Il catalogo in rete, e la possibilità di acquisto tramite internet, aveva senz'altro dato una boccata d'ossigeno alle Edizioni Althea, troppo piccole per potersi permettere una distribuzione decente in libreria, troppo grandi (almeno nelle pretese) per non averla. Era una buona occasione, avevamo modo di farci conoscere in Francia e in Spagna e non volevo rischiare che Marcello combinasse qualche pasticcio facendoci fare la figura dei principianti. Occorreva dare un'impressione di alta professionalità. Professionalità che se avessero visto il nostro "addetto al settore vendite" (tale era la qualifica di cui virtualmente - e solo virtualmente - si fregiava), con quelle ridicole braghe oversize piene di tasconi collocati nei posti più improbabili e la maglietta stinta con stampato un imponente Che Guevara, chino in quella stanzuccia polverosa, non ci avrebbero certo riconosciuto...

Verso mezzogiorno mi ero messa a riguardare per l'ennesima volta un saggio sulla *Regola dei Templari*, indispettita per aver smagliato una calza mentre maneggiavo quelle maledette scatole. Dovevo controllare le citazioni in latino e uniformare il testo ai criteri editoriali della collana che l'avrebbe ospitato. Uno dei lavori più schifosi che si possano immaginare. Verso le tre era squillato il telefono.

– Edizioni Althea, buongiorno.

– Parlo con la signorina Morbelli?

– Sì, mi dica.

– Questura di Genova. Sono l'agente Maresca... Dovrebbe venire a sottoscrivere la sua deposizione in merito al caso Mammoliti...

«Porca puttana! Me ne ero completamente scordata...»

– Adesso? Veramente in questo momento sono proprio mal messa... Si potrebbe fare domani?

– Signorina Morbelli, le ricordo che c'è di mezzo un omicidio.

– Presto saranno due: il mio capo, se me ne vado ora, mi ammazza di sicuro!

– Non è il caso di scherzare. Il vicequestore l'attende nel suo ufficio fra un'ora. In portineria chieda del dottor Prini.

Il tono era perentorio. Evidentemente l'affabilità del giorno prima era solo di facciata.

– Va bene, arrivo. Buongiorno.

– Buon pomeriggio, signorina.

– Dottoressa. Dottoressa, se non le dispiace.

L'appellativo di "signorina" mi ha sempre dato sui nervi. Evoca immediatamente l'immagine della zitella incartapecorita, in tailleur grigio e mocassini. E poi nessuno si sognerebbe mai di chiamare un quarantenne scapolo "signorino". Sì, questa volta il principale mi avrebbe veramente ucciso. Timidamente avevo bussato alla porta semi-aperta del suo ufficio.

– Gian Paolo... scusa, hai un minuto?

Sulla scrivania sepolta da una montagna di carte di ogni tipo e natura gravava una fitta coltre di fumo. Dalla quale si era levato una sorta di grugnito.

– Hai già finito coi Templari?

– No, senti... è che dovrei uscire per un'oretta... non di più, penso... spero...

– Uscire? – era emerso all'improvviso da quella cordigliera cartacea, con la sigaretta in bocca. Non saprei dire se era più seccato o stupito – Ma se sei stata in giro una settimana! Al sole di Napoli. Pizza e mandolini... Dove cazzo devi andare, adesso?

– È un po' lungo da spiegare... mi hanno appena chiamato dalla Questura, devo andare a firmare una deposizione. Una mia vicina di casa... l'hanno trovata morta... è stata uccisa... nelle vacanze di Pasqua.

Decisamente era una storia pazzesca.

– La tua vicina di casa? Hai ucciso la tua vicina di casa? E perché?

– Ma Gian Paolo! Come fai a uscirtene con queste trovate?

– Ne saresti capacissima!

– Ma dài, su! Solo che devo proprio andare... a quanto pare ero fra i pochi inquilini a essere presente nel caseggiato, quando l'hanno ammazzata. Vogliono sapere se mi sono accorta di qualcosa.

– E tu ti sei accorta di qualcosa?

– Di niente, assolutamente di niente. Non so nemmeno perché mi ci facciano andare, visto che non ho nulla da dire.

– Ecco, ti fanno fuori la vicina e tu manco te ne accorgi... – era di buon umore – vabbe', vai, che quelli, a farli aspettare, si innervosiscono. Renditi utile. Almeno alla società. Che importa se io vado in fallimento... Dopo torni?

– Certo che torno! Fino a prova contraria, il mio lavoro non c'è nessuno che me lo faccia... tale lo lascio e tale lo ritrovo. A meno che i Templari non decidano di correggersele da sé tutte le scempiaggini di cui li ha infarciti il caro professor Mazzucchelli... Ciao, vado!

– Ciao, ciao... Vedi di non farti arrestare!

Il soprabito me l'ero messo per le scale. Non volevo fare tardi: prima arrivavo e prima sarei tornata. In tempo per sistemare i polverosi Cavalieri del Tempio. Avevo preso l'autobus nell'abbacinante chiarore di piazza dell'Annunziata ma, appena salita, mi ero ricordata delle calze strappate. Proprio sul ginocchio: un bel buco due dita sotto l'orlo di pizzo del vestito, e due sopra lo stivale. Dovevo per forza andarne a comperare di nuove. Sicché ero scesa a De Ferrari, pervasa dall'iridescente pulviscolo che una tramontana tesa strappava a forza dagli zampilli della fontana. Imboccata con passo lesto via Venti, mi ero ficcata nel primo degli innumerevoli negozi di intimo a basso costo che negli ultimi anni erano spuntati come funghi un po' ovunque in città. Stizzita, avevo notato la calma flemmatica con cui le giovanissime commesse spacciavano canottierine basic e microscopici perizomi a clienti altrettanto giovani e sbarazzine. Finalmente era arrivato il mio turno e avevo ottenuto il mio paio di collant, come spesso accade dopo aver dovuto tener testa a un fuoco incrociato di domande: «Vita alta o vita bassa?», «Lucidi o opachi?», «Cotone o microfibra?», «Li preferisce in lycra?», «Li ha mai provati in filanca?», «Quanti den?»...

Dieci minuti più tardi ero davanti alla Questura. C'era giusto il tempo per un cappuccino: anche quel giorno il pranzo era saltato, ma avevo potuto infilarmi nel bagno per cambiarmi le calze, che era poi lo scopo principale di quella sosta. Con fatica, però, essendo le toilette della maggior parte dei locali genovesi microscopiche. Quella in particolar modo. E neanche troppo pulita. Del resto pure il cappuccino pareva annacquato... Una volta varcate le porte del palazzone in stile fascista mi ero diretta con piglio sicuro verso la portineria.

– Sarei attesa dal dottor Prini.

– Lei è...

– Morbelli. Nadia Morbelli. Stamani ho ricevuto la telefonata dell'agente...

Non stava più a sentire. Con aria efficiente aveva preso il telefono e composto un qualche numero interno.

– Di' a Prini che è arrivata la signorina Morbelli... la faccio salire? Bene! Prego, signorina Morbelli, al terzo piano. Quando esce dall'ascensore, la seconda porta a sinistra.

«E dàgliela, con la signorina!»

Terzo piano, seconda porta a sinistra, la targhetta recitava: «Dott. Franco Prini», e sotto «Vicequestore». Avevo bussato.

– Avanti, entri pure!

L'ufficio era luminoso, la scrivania ordinata. C'era perfino una pianta di candide orchidee fiorite sul profondo davanzale di travertino chiaro. Non me l'immaginavo così l'interno della Questura... L'agente Maresca, serio, era in piedi a fianco del vicequestore. Appoggiato a una seconda scrivania, le mani affondate nelle tasche di un abito grigio-topo, c'era un biondino elegante, con i baffetti, un po' stile inglese.

– Buongiorno, dottoressa Morbelli, si accomodi pure…

Nel frattempo si era alzato per metà dalla sedia e mi aveva teso la mano, il vicequestore. La stretta non era stata niente di che.

– Questo è l'ispettore Quaglia. Maresca lo conosce già…

Un sorriso per l'ispettore Quaglia. Ricambiato senza trasporto.

– Allora, se non le spiace, le chiederei di ripercorrere con noi le ore che ha trascorso a casa fra la sera dello scorso sabato e la mattina di Pasqua.

– Veramente quel poco che potevo aver da dire l'ho già detto ieri all'agente…

– Vede, dottoressa, il fatto è che, a quanto mi consta, lei era la sola inquilina presente nell'edificio. A parte ovviamente la vittima. Il cui decesso, secondo la perizia del medico legale, sarebbe avvenuto proprio nel tardo pomeriggio di sabato. È dunque molto importante che lei cerchi di ricostruire quelle ore nel minimo dettaglio.

Al che aveva attaccato Maresca:

– Ha dichiarato di essere rincasata alle ore diciannove. Di ritorno da Roma…

– Da Napoli, Roma è stata solo una tappa sulla via del ritorno. Non ci sono voli serali Napoli-Genova, se non tardissimo. E intanto a Roma dovevo vedere un amico.

– Un viaggio di piacere? – Prini aveva ripreso le redini dell'interrogatorio, se lo si poteva chiamare così. Comunque il tono era cordiale, da conversazione in un bel salotto davanti a un bicchiere di Porto.

– In verità sono andata per lavoro. Ma stare a Napoli è sempre un piacere.

– Di che cosa si occupa? – dall'inflessione della voce traspariva un sincero interesse. Ma forse voleva solo mettermi a mio agio… una sorta di trucchetto del mestiere.

– Lavoro in una casa editrice. A Napoli sono scesa per discutere i termini di un contratto per la traduzione di tre romanzi di Felipe Fuentes. Abbiamo aperto da poco una collana di narrativa. Per noi è importante, significa uscire dal paradiso dorato delle pubblicazioni specialistiche ed entrare finalmente sul mercato.

– Leggo volentieri i sudamericani... il rapporto di Maresca dice che è rincasata alle diciannove circa...

– Precisamente.

– Ed è rimasta a casa fino alle ventuno e trenta. In questo lasso di tempo non è accaduto nulla che abbia attirato la sua attenzione?

Era un uomo strano, il dottor Prini. Contraddittorio. I suoi lineamenti erano rozzi: le mani tozze, le movenze goffe, i tratti del volto irregolari e troppo marcati. E i capelli arruffati attorno a una bella pelata da chierico medievale. In compenso vestiva di un'eleganza sobria, un po' in sordina: tessuti di pregio cuciti con un taglio classico, la camicia di un bell'azzurro scuro sotto l'abito fumo di Londra. Anche i modi erano raffinati ma non affettati. Soprattutto era bella la voce.

– No, niente.

– È proprio sicura? – mi stavo spazientendo, ma cercavo di non darlo a vedere – Aveva per caso la televisione accesa? Può essere che abbia coperto altri rumori.

– Veramente la televisione non la guardo mai. Peraltro nemmeno avrei potuto, visto che era mancata la luce.

– Era mancata la luce?

– Sì. Per via del temporale. Se ricorda, pioveva a catinelle.

– Non so, nelle vacanze di Pasqua non ero in città. Questo però non l'ha detto all'agente...

– Non ritenevo fosse importante.

– Potrebbe esserlo.

– Veramente non ricordo ci sia stato un temporale, – il biondino ci aveva messo il becco. Probabilmente la Pasqua, lui, se l'era fatta a casa. O, peggio, in ufficio – è venuto un forte acquazzone, ma non un temporale.

Poi aveva glossato in tono saccente, massaggiandosi con la mano destra il retro del collo:

– D'altra parte non è stagione.

«Ci mancava solo l'aspirante meteorologo!»

– Effettivamente di tuoni non ne ho sentiti neppure io. Comunque è mancata la luce.

– Per quanto tempo? – il dottor Prini mostrava un certo interesse.

– Direi dalle sette e mezza alle nove.

– Per un bel pezzo, dunque.

– Sì, per un bel pezzo. Una vera seccatura! Con le valige da disfare… – e avevo buttato un'occhiata sull'agente Maresca: finalmente avevo trovato un alibi!

– Strano che l'ENEL abbia impiegato così tanto per ovviare al guasto. D'accordo che era la vigilia di Pasqua, ma un quartiere senza energia elettrica in genere scatena una tempesta di telefonate sul Servizio clienti.

– A dire il vero la corrente è mancata solo nel mio condominio. Le luci della strada erano accese, e anche nei caseggiati vicini c'erano delle finestre illuminate.

– Come circostanza è quantomeno strana, non le pare?

– Non lo direbbe se conoscesse solo un po' il mio condominio. E i suoi condomini.

– Intendo la concomitanza con l'omicidio della signora Mammoliti.

– Non saprei che dire… – iniziavo ad avere fretta di tornarmene in ufficio: mai avrei creduto di poter sentire nostalgia dei miei Templari – Ad ogni modo, pur nel silenzio completo, non ricordo di aver sentito nessun rumore.

– Be', ci ha fornito un dato interessante. Magari non c'è nessun legame, ma vale la pena prenderlo in considerazione. D'altro canto è il solo che abbiamo. Se non ha nient'altro da aggiungere, penso che possa andare. Scusi l'accanimento, ma come vede qualche frutto l'ha dato.

Si era alzato, l'avevo fatto anch'io. Mi aveva dato di nuovo la mano, sempre da dietro la scrivania. Sotto il polsino luccicava un Baume et Mercier d'acciaio a guarnire un avambraccio che si lasciava indovinare piuttosto villoso. Da scaricatore di porto.

– Se avessimo ancora bisogno di lei le faremo sapere. Sa, non capita spesso che in un edificio con ventuno appartamenti siano presenti soltanto due persone. E una venga ammazzata.

– Veramente eravamo in quattro.

– Quattro?

– Dovevano esserci anche i Lagomarsino, gli inquilini del pianterreno. La mattina di Pasqua li ho incontrati mentre caricavano la macchina di uova di cioccolato, colombe e pelouche. E poi, se non ci fosse stato il signor Dario, chi l'avrebbe fatta tornare la corrente sabato?

Prini si era lasciato cadere sulla poltrona. Per un attimo mi aveva fissato con sconcerto: senz'altro una testimone peggiore non gli era mai toccata. Poi si era voltato verso Maresca. Uno sguardo che avrebbe incenerito chiunque. E in effetti Maresca era diventato rosso come un peperone.

– Maresca, com'è che i signori Lagomarsino non sono stati convocati? E nemmeno interrogati?

– Ehm... Uhm... Io... È che ieri non erano a casa, e la vicina, la signora Martinoni...

– ... soprannominata "The Voice": la donna più pettegola e impicciona dell'universo mondo... – avevo infierito.

Maresca, meschinetto, era sempre più imbarazzato...

– … la signora Martinoni mi ha detto che i Lagomarsino erano via per le vacanze di Pasqua…

– Scusa, – Prini era visibilmente alterato, anche se i suoi modi rimanevano pacati – ma se, secondo il tuo rapporto, la Martinoni in quei giorni era fuori Genova…

– Pensavo di potermi fidare…

– In effetti l'agente non avrebbe tutti i torti, – mi ero intromessa – in genere la Martinoni è, come dite voi?, "persona ben informata dei fatti". Penso che i Lagomarsino siano andati a Scoffera, dalla figlia. Gestisce un piccolo albergo. È facile che siano ancora là. Magari tornano domenica.

– Non ho capito bene il nesso fra il signor Lagomarsino e il ritorno della corrente elettrica – aveva rilanciato Prini con un filo di voce.

– Il signor Dario è uno dei consiglieri del caseggiato. Il più attivo. E poi sa fare praticamente qualsiasi cosa. Ha le chiavi di tutto, fra cui quelle dell'armadietto dei contatori. Sicuramente ci ha messo mano lui, sabato sera.

– Bene. Penso che possa bastare – si era alzato in piedi e aveva aggirato la scrivania – Maresca provvederà a sentire i Lagomarsino. Dottoressa Morbelli, se avessimo ancora bisogno della sua cortesia… – mi aveva allungato un biglietto da visita.

– … me lo farete sapere. Perfetto! – nel frattempo mi aveva accompagnato alla porta. Ci eravamo stretti la mano – Buon lavoro.

– Buon pomeriggio, dottoressa.

Quattro

Scendendo le scale mi ero resa conto che non avevo la benché minima idea di come fosse stata ammazzata la Marinin. E soprattutto perché. Senz'altro Prini & company pensavano che almeno avessi letto i giornali. O me lo avessero detto i vicini. Che maleducata! Non ero nemmeno passata da Anna per farle le condoglianze! Appena uscita dalla Questura avevo preso *Il Secolo*, poi mi ero precipitata in casa editrice. A piedi. Via Venti era completamente intasata e i mezzi pubblici procedevano a passo d'uomo. Sotto i portici la solita pletora di senegalesi dal fisico scultoreo esibiva pelletteria contraffatta, disposta in bell'ordine su scampoli di stoffa pronti a diventare voluminosi fagotti qualora all'orizzonte si fossero profilati i vigili urbani. Che in quel casino di traffico erano, per loro fortuna, in tutt'altre faccende affaccendati.

Arrivata a De Ferrari avevo tagliato per i *carrugi*: dovevo per forza fare un minimo di spesa, visto che nel frigo erano rimasti pochi rimasugli dell'abbuffata di Pasqua, avendo io generosamente rinunciato al più consistente – una grossa fetta di torta pasqualina – a vantaggio di Marcello, che l'aveva sicuramente divorata durante la pausa pranzo. Dalla bancarella di Mohammed, il più fornito *besagnino* della Maddalena, oltre che il più simpatico, avevo comperato un mazzo di asparagi e un po' di frutta assortita, scelta in quel tripudio di colori tanto vari e tanto vivi da fare invidia al più lussuoso dei fiorai. Nel sacchetto c'erano finiti pure un sedano, una carota e una manciata di prezzemolo: Mohammed, originario di Casablanca, ha infatti l'uso di regalarteli, i "sapori". Come faceva, quando ero bambina, la vecchia Giullu nel negozietto di alimentari sotto casa di mia zia, a Manesseno.

Di ritorno in ufficio, avevo infrattato la borsina sotto la scrivania ed ero passata dal principale. Che si stava stiracchiando sulla poltrona in similpelle con le braccia incrociate dietro la nuca.

– Ci sono, eh!

– Ma quanto ci hai messo!

– È andata piuttosto per le lunghe... Hai letto il giornale?

– Giusto un'occhiata.

– Parlano dell'omicidio?

– Fin troppo!

– Com'è che l'hanno ammazzata, la mia vicina?

– Scusa, ci stai sul ballatoio e lo vieni a chiedere a me? Strangolata, l'hanno strangolata.

– E come mai?

– Boh? Saranno stati dei ladri. A che punto siamo con i Templari?

– Dovrei finire stasera, al massimo domani. Spero.

Dopo un'oretta e mezza di controlli, correzioni e simili amenità, avevo aperto il giornale. In effetti la Marinin era stata proprio strangolata. Si ipotizzava che l'assassino si fosse fatto aprire con una scusa, le solite con cui vengono abbindolate le persone anziane, per rubare o per estorcere loro del denaro. Forse, visto il carattere, lei aveva reagito ed era andata a finire com'era andata a finire. Niente di nuovo sotto il sole.

Un'ora dopo me ne ero andata a casa. Avevo assunto un'espressione di circostanza e, timidamente, avevo suonato dai Cigala.

– Ciao Anna, scusami, sarei dovuta passare ieri, ma non me la sono sentita, – pietosa bugia – è terribile!

– Vieni, entra. Ieri? Figurati, ieri è stato un delirio. Quel viavai di poliziotti, medici, infermieri... Eravamo tutti distrutti.

Il viso era tirato, ma nel complesso sembrava reggere abbastanza bene.

– Ma come è potuto succedere?

– Guarda, non so... So solo che ho un rimorso, un magone... Era la prima volta che la lasciavamo sola qualche giorno. D'altra parte io e Giorgio avevamo bisogno, diciamo, di cambiare aria per un po'. Ci avrai sentiti, no? Litigavamo tutti i giorni.

– Sentiti? no, no, – altra pietosa bugia – figurati. Le convivenze, del resto, sono sempre problematiche...

– Poi era un pezzo che non andavamo da mia cognata. Da quando si sono trasferiti a Montpellier li vediamo giusto a Natale e a Pasqua. Comunque mi aveva detto che non le dispiaceva di starsene un po' per conto suo, anche se era Pasqua. Intanto, figurati, con uno come mio padre che era sempre fuori di casa, anche e soprattutto nelle feste, c'era più che abituata.

– Strano che abbia aperto a uno sconosciuto...

– Sì, strano... Strano. In genere non lo faceva mai. Sapessi che strazio quando siamo rientrati. Il dramma è che c'era Matteo, povero piccino! Vederla lì, buttata per terra, con la calza ancora stretta al collo...

Le si erano riempiti gli occhi di lacrime. Dalla manica del golfino lilla aveva estratto un fazzoletto con le iniziali ricamate e si era asciugata le guance, attenta a non impiastricciarle col mascara. Che aveva fatto cenno di colare, ma solo poco poco.

– L'hanno uccisa con una calza?

– Sì, una delle sue. Portava quelle elastiche. Per le vene.

– Ma come...

– No, no, non le aveva addosso. Erano ad asciugare sul termosifone della camera. Prima le hanno dato un colpo in testa. Proprio un orrore.

– Ladri?

– Mah! Dal resto della casa non manca nulla. Le hanno strappato le due catenine che portava al collo, una con una madonnina, l'altra con la fede di papà, e gli orecchini. Pensa, sul suo comò, sotto il carillon, c'erano 300 euro e non li hanno presi. O non li hanno visti. Però hanno portato via l'orologio col bracciale d'oro che era posato sul comodino. Nelle altre stanze non devono essere nemmeno andati. Forse si sono spaventati. Ma non ti ho neppure fatta sedere…

Eravamo rimaste in piedi nell'ingresso, ampio e luminoso, rischiarato dagli almeno 600 watt che spandevano due applique in legno dorato, attorcigliate in eleganti e frondosi racemi. Addossato alla parete, sotto un massiccio specchio barocco, un bel trumeau in ciliegio intarsiato reggeva uno svuota-tasche di cuoio scuro orlato d'argento e un discreto numero di foto di famiglia in cornici anch'esse d'argento. La camera della Marinin era proprio lì di fronte. Con la porta aperta. Dalle persiane socchiuse si diffondeva, calda, la luce della sera: tutto sembrava in perfetto ordine. Anna, parlando, continuava a fissare un punto preciso del pavimento. Forse dove l'avevano trovata.

– Quand'è il funerale?

– Venerdì. Ma non qui, a Carpeneto. Sai, mio padre è sepolto là.

– A che ora? Io non posso venire, che col lavoro sono messa proprio male. Ma senz'altro ci sarà mia madre.

– Alle undici, ma non è il caso che si disturbi.

– Figurati! Abita a pochi chilometri, ci mancherebbe! Adesso sarà ora che vada, dovrei fare anche una lavatrice.

Entrata in casa mi ero buttata sul divano. Che giornata! Mi ero accesa una sigaretta e fissavo le volute di peltro di un vasetto déco in legno di cedro acquistato durante il mio ultimo viaggio a Parigi: non riuscivo a capacitarmi di quanto fosse accaduto. Come era possibile che non avessi sentito proprio niente? Certo, io e Anna abbiamo solo due muri confinanti, quello della cucina e quello della camera da letto. E, da quanto mi era parso di capire, la Marinin l'avevano uccisa nell'ingresso. Ma doveva pure aver gridato. Doveva esserci stata una colluttazione. La Marinin era ancora una donna energica, in salute... E invece niente. Silenzio tombale. La Marinin... Mi sembrava incredibile che avesse aperto la porta a uno che non conosceva. A quell'ora, poi! Fuori era già buio. Chissà se c'era ancora la luce o era già andata via... Strano, era tutto molto strano.

Avevo provato a immaginare la scena: suonano alla porta e la Marinin va ad aprire. Secondo il giornale irretita da qualcuno che si spacciava per qualcun altro di cui ci si potesse fidare. Che so, vigile, impiegato delle poste, dell'anagrafe, dell'INPS... Ma la vigilia di Pasqua? E alle sette di sera, per giunta? Mica era scema, la Marinin... Oppure, vediamo: un addetto alla manutenzione, un operaio dei telefoni... ecco: un operaio dell'ENEL! Sì, ma questo come faceva a sapere che sarebbe mancata la luce? Cos'era, un truffatore estemporaneo? Un veggente? Soprattutto, come faceva a suonare alla porta se non c'era la corrente? Be', poteva sempre aver bussato... Comunque la Marinin aveva aperto la porta. E poi? Quello avrà cercato di convincerla a farlo entrare in casa per poi distrarla con qualche scusa, magari un bicchiere d'acqua o un caffè, e intrufolarsi a rovistare nei cassetti. Lei non ci sarà cascata e così l'ha ammazzata.

Però non funzionava. Ammazzi una per rubare e non porti via quasi niente? Con quel dispiegamento d'argenteria che c'è in bella vista in casa Cigala? Prendi l'orologio sul comodino e lasci 300 euro sul comò? Forse si era spaventato, o temeva che arrivasse qualcuno... Ma il fegato di strapparle le collane e prenderle gli orecchini l'aveva avuto! L'avrà fatto quando lei era ancora viva o da morta? Gli orecchini da morta di sicuro. Probabilmente anche le collane:

te l'immagini quanto avrebbe strillato, la Marinin, se si fosse vista abbrancare le collane? Si sarebbe fatta sentire fino a Pamattone! Se non da morta, almeno quando era tramortita per il colpo in testa. Ma se era tramortita, che senso aveva ucciderla? Dunque, da capo: avevano suonato...

Tutto a un tratto, come in una sorta di flashback, mi si era come proiettato davanti agli occhi uno scampolo di quella giornata disgraziata. Accidenti! Avevano suonato anche a me! Sicuro: ero a casa da pochissimo ed era suonato il campanello. Mi ero appena tolta gli abiti zuppi di pioggia e li stavo sistemando su due sedie in cucina, per farli asciugare vicino al calorifero. Un trillo breve. Non era il campanello di casa, era quello del portone. Per la precisione del portone di servizio, non di quello principale. Chiunque fosse stato a suonare, non aveva insistito. Senza dubbio si erano sbagliati. Certo non c'era relazione alcuna con l'omicidio. Peraltro non avevo aperto. Però poteva averlo fatto lei! Come avevo potuto dimenticarmene? Per un attimo mi era passata per la mente l'idea di telefonare subito in Questura. Poi, avevo convenuto che avrei potuto farlo l'indomani. Anzi, era la prima cosa che avrei fatto appena alzata.

Cinque

La mattina, a mente fresca, quella dimenticanza mi era parsa assai meno grave della sera prima. E quel particolare quasi risibile. Mi ero vestita in fretta prendendo il caffè al volo: colazione l'avrei fatta nel baretto di via Cairoli, quello con i tavolini fuori, che starsene lì seduti sembra di essere a Madrid. Sempre ammesso che ne avessi avuto il tempo. Il che non era stato, per via del solito traffico micidiale. In ufficio mi ero messa di buzzo buono a lavorare sul saggio del Mazzucchelli. Alla fine, verso mezzogiorno, mi ero decisa: dopo aver spulciato dappertutto in cerca del biglietto da visita zelantemente consegnatomi da Prini, e finito chissà dove, avevo cercato sull'elenco il numero della Questura e avevo telefonato. Il vicequestore era impegnato, a quanto mi diceva il tipo del centralino: mi avrebbe richiamato lui non appena si fosse liberato. E io ero tornata a sistemare punti, virgole, virgolette. Un paio d'ore dopo era squillato il telefono.

– Dottoressa Morbelli? Attenda, le passo il dottor Prini. – musichetta – Buongiorno, dottoressa, mi hanno detto che mi cercava.

– Sì. Ma forse è una sciocchezza, soltanto uno scrupolo.

– Le è venuto in mente qualcosa che ci può essere utile?

– Non so. Ieri sera mi era parso importante. Ora, veramente, non so. Riguardo a sabato... In effetti qualcuno mi ha suonato alla porta. Anzi, al portone. Insomma, al citofono.

– E chi era? O meglio, chi ha detto di essere?

– Non ne ho idea. Non ho risposto. Non lo faccio mai. Per abitudine.

– Bene, e che ora poteva essere, pressappoco?

– Pochi minuti dopo le sette. Ero appena entrata in casa. Mi stavo svestendo. Ma magari erano i soliti seccatori, o hanno sbagliato il numero dell'interno...

– Tutto può essere. Tanto vale tenerlo presente.

– Ho visto i giornali di ieri. Secondo lei non hanno un po' esagerato?

– Be', pare che la signora Mammoliti non abbia lasciato quella gran eredità d'affetti...

Un vicequestore che citava Foscolo? E poi che c'entravano gli affetti? Evidentemente stavamo parlando di due cose diverse.

– In che senso?

– Nel senso che il *Mercantile* c'è andato giù duro: pettegola, litigiosa, arrogante. Sembra quasi che il condominio si sia liberato di un bel peso, se mi si passa l'ironia.

– Ah, il *Mercantile* non l'ho visto. No, io alludevo al taglio basso del *Secolo*: quel pistolotto su truffatori e malintenzionati che irretiscono le vecchiette...

– Ben vengano i pistolotti, come li chiama lei, di questo tipo: mantenere alta l'attenzione su simili rischi è sempre utile. Oltre a essere un ottimo deterrente per chi pensa di volerci provare.

Avevo detto una scemenza. Ben mi stava a ficcare il naso in affari che non mi riguardavano. Per giunta di uno che manco conoscevo.

– Ha fatto studi classici? – le parole non avevano fatto a tempo a uscirmi di bocca che ne ero già pentita: un'altra scemenza.

– Perché me lo chiede?

– Mi cita *I Sepolcri* così d'emblée... Voglio dire, non è normale – e tre, di scemenze. Ma non potevo starmene zitta, salutare e buonanotte? Dall'altra parte del filo si era levata una mezza risata. Cupa e profonda. Come ci si immagina debba ridere il Gambadilegno dei fumetti: *ahhrr ahrr*.

– Anch'io ho fatto Lettere, cosa crede, di essere la sola?

– Lettere? Un poliziotto laureato in Lettere? – decisamente dovevo mordermi la lingua. Mozzarmela. Sì, era meglio mozzarmela del tutto.

– A parte che, se mi permette, sono vicequestore, – di nuovo *ahhrr ahrr*: bene, non se l'era presa. Almeno non troppo – io, di lauree, ne ho due. La prima in Legge, l'altra in Lettere moderne.

– E come mai? – era veramente troppo. Dovevo chiudere la conversazione al più presto, prima di passare per una completa deficiente – Scusi. Non sono fatti miei. Sto qui a chiacchierare quando lei avrà un sacco di roba da fare.

– Ma si figuri! Diciamo che sono in pausa pranzo. Il solito panino. A Giurisprudenza mi sono iscritto, anzi, mi sono dovuto iscrivere, per quieto vivere: mio padre nutriva precise aspettative sul mio futuro. E a diciannove anni non sempre si è attrezzati per reggere all'impatto di genitori volitivi, intransigenti, ingombranti. Diciamo pure rompiscatole. La mia vera passione però era la letteratura. Così ho studiato Legge, ma, come vede, alla fine l'avvocato non l'ho fatto.

– Da Foscolo alla Celere non è che il passo sia così breve…

– Penso che lei abbia un'idea un po', per usare un eufemismo, torva della Polizia di Stato. Un tantinello datata, mica?

Ora avevo riso io.

– In effetti non riesco a passare davanti a un commissariato senza canticchiare «via, via, la polizia!»… Un retaggio dei cortei studenteschi frequentati al liceo. Si è laureato a Genova? In Lettere, intendo.

– No, no: a Milano. Sono di Milano. Comunque è stato dopo

che ho vinto il concorso in Questura. Spezzando il cuore a papà. A quel punto tanto valeva andare fino in fondo.

– E su cosa ha fatto la tesi?

– Adesso la faccio ridere: sul paradigma indiziario come metodo d'indagine letteraria. Ce l'ha presente Ginzburg?

– Lo adoro! Applicato a che?

– Applicato a niente. Era una tesi di impianto prevalentemente epistemologico.

Ridendo e scherzando eravamo andati avanti a chiacchierare per più di mezz'ora. Alla fine, però, era rientrato nel suo ruolo "istituzionale".

– Tornando al nostro problema, è proprio certa che le abbiano citofonato per sbaglio?

Ci avevo pensato su per un attimo. Poi avevo cercato di riflettere ad alta voce.

– Mah... obiettivamente, visto che nel caseggiato eravamo così pochi è difficile pensarlo. Se cercavano i Lagomarsino, avrebbe voluto dire sbagliarsi di nove numeri. E di tre piani. La Marinin chi vuole che la cercasse: non conosceva nessuno, a parte i condomini e quattro vecchiette che incontrava a messa la domenica mattina. E mi pare strano che la sera della vigilia di Pasqua qualcuno pensi di vendere qualcosa porta a porta. Oppure chieda l'elemosina... Non saprei proprio dire. Peraltro hanno citofonato al portone di sotto.

– Perché? C'è anche un portone di sopra?

– Sì, quello principale. Poi c'è quello di servizio, due piani più in basso. Mi sa che l'agente Maresca non sia quel mostro di zelo...

– Quando ho fatto il sopralluogo devo essere passato da quello. Cioè da quello principale: c'è la guardiola del portinaio, se non sbaglio.

– Non sbaglia, non sbaglia. Ma è dismessa da mo'. Nell'appartamento che era del portinaio ora ci abitano i Lagomarsino. E il signor Dario è meglio di qualunque portinaio.

– Come fa a essere certa che hanno suonato al portone di servizio?

– Abbiamo due citofoni. E almeno i miei hanno due suoni diversi. Anche se dal portone di sotto non suona mai nessuno: le cassette della posta sono nell'altro, poi dà su una strada secondaria, senza uscita. In genere lo usiamo solo noi inquilini per risparmiarci un tratto di strada in salita. Oppure quando posteggiamo lì, nel vialetto.

– L'ascensore ci arriva?

– Certo che ci arriva!

– Che c'è oltre l'ascensore? Cantine, ripostigli, depositi?

– Ci sono il vano della caldaia, i contatori dell'ENEL, il ripostiglio della lavascale e quello degli attrezzi di Lagomarsino, che è una specie di pronto intervento condominiale. Non ci sono cantine: ci sono quattro box che un tempo erano altrettanti negozi. Chiusi uno dopo l'altro...

– Va bene... per ora può bastare. Nel caso che...

– ... mi venisse in mente qualcos'altro, mi faccio viva, non si preoccupi.

– No, volevo dire: nel caso che si debba formalizzare questa nostra conversazione dovrò convocarla di nuovo in ufficio.

– Non c'è problema: le prometto che entrando mi tratterrò dal cantare "via, via, la polizia!".

Sei

Finalmente era di nuovo sabato. La settimana era passata in un attimo. La mattina avevo lavorato al mio articolo, riuscendo grossomodo a terminarlo: ancora due controlli in biblioteca e poteva dirsi concluso. Poi, nel tardo pomeriggio, mi ero messa in macchina per raggiungere papà e mamma al paese. Era proprio una bella serata. L'autostrada si inerpicava dolcemente tracciando ampie volute in costa alle colline terrazzate a fasce, costellate di orti ordinatissimi: un serpentone a tre corsie a quell'ora semideserte che in equilibrio su ponti vertiginosi penetra nel ventre dell'Appennino, un Appennino dalle pendici brulle, dalle rocce rossastre incantate a guardare la superficie piatta del mare che sfuma nel cielo. Ma appena si sbuca di là, è tutta un'altra roba: boschi e ancora boschi, a incorniciare pochissime case sparse. Boschi da funghi. E che funghi! Quelli porcini, profumatissimi, impregnati degli aromi salmastri del "marino" che in autunno e primavera arriva a "buffare" fino a lì.

– Porcammerda!

Incantata dal panorama mi ero lasciata prendere un po' la mano – anzi il piede ben calzato nell'"anfibio" – e avevo abbondantemente superato il limite di velocità.

«Sarò ben scema! 'Sti cazzo di monti me li sorbisco da anni, e adesso va a finire che mi becco una super-multa... Fanculo lo spirito contemplativo...»

Perché sulla Voltri-Gravellona c'è il cosiddetto "sistema tutor", vale a dire che se la velocità media da casello a casello supera i 110 sei bello che fregato.

«Mmm, vorrà dire che mi fermerò al grill: così rientro nei limiti. Dicono che funzioni... Speriamo!»

Non avevo fatto a tempo a posteggiare che era suonato il telefono: mia madre ansiosa di sapere se mi fossi ricordata di prendere i grissini. Naturalmente mi ero scordata.

– Certo che li ho presi! – quelli all'autogrill li avevano di sicuro... – Figurati se me li dimenticavo. Una mezz'ora e son lì!

Ero entrata fiduciosa, facendomi strada in quel caotico vociare di gente bizzarra – bambini urlanti, giovinastri, signore attempate in cerca del bagno... – e finalmente li avevo trovati, in un enorme cestone fra altri cestoni che esibivano prodotti da forno. Di dubbia fragranza. «Lavorazione artigianale», diceva l'etichetta. Ma il fatto che la «premiata panetteria Piripacchio» rifornisse, con buona probabilità, mezza rete autostradale del Nord Italia lasciava adito al sospetto. Li avevo presi comunque. E mi ero messa docilmente in coda alla cassa, osservando la quantità di boiate esposte a irretire viaggiatori annoiati dalla lunghezza del percorso. Una coda lunga a sufficienza da stornare la ferrea, ma miope, sorveglianza del tutor. Forse me l'ero cavata!

Alla fine ero arrivata quasi in orario. Andavo su spesso da quando si era rimessa a posto la casa. E ancora più spesso da quando avevo cominciato a sistemare il piano di sopra. Quello che era stato un tempo il fienile, e ora, lentamente, stava diventando la mia dépendance privata, autonoma e soprattutto affrancata dall'ossessione per le pulizie domestiche di mamma. Anche se lei è nata lì, al pian terreno, in cucina, non ho mai sentito quella casa come il nostro nido, né ci ho mai trovato quelle radici che oggi vanno tanto di moda. Neppure la mamma, a dire il vero: la sua, di mamma, era morta giovane, di tifo, a quel che mi risulta, e il nonno si era accompagnato con un'altra donna. Poi era morto anche lui, ammazzato da una vita di lavoro e di viaggi in Argentina. Ma mia madre se ne era già andata a Genova per sposare papà. Era rimasto il fratello più vecchio, Giuse, che si era stufato di coltivare quel poco di vigna inerpicata e aveva finito col fare da garzone al macellaio del paese vicino. Ho un ricordo vago dello zio: quando ero piccola andavamo raramente a trovarlo, in genere a Pasqua, Natale e ai Santi, per far visita al cimitero. Mio padre non aveva ancora l'automobile e così prendevamo il treno, poi la corriera, pieni di borse, e con i fiori per il camposanto. A dirla così sembra passato un secolo, altro che una trentina d'anni...

A me non piaceva andarci. La casa mi faceva schifo. Era sporca e puzzava di minestra, d'umido e di cani. La cucina era buia, c'erano sempre piatti e bicchieri sporchi nel lavandino, e le briciole sul pavimento di mattonelle di cemento rosse e grigie. Esagonali. Anche lo zio non mi piaceva. Mi metteva paura: la barba lunga, i denti guasti e gialli dalla nicotina, la canottiera bianca bucata e piena di macchie, i pantaloni blu del *tony* tenuti su con una vecchia cintura di cuoio smangiato. Era così diverso da mio padre, rassicurante nei modi e nell'aspetto...

Aveva fatto una brutta fine, lo zio: lo avevano trovato morto in casa. D'infarto, pare. Era lì da tre giorni. Non aveva nemmeno cinquant'anni e sembrava già un vecchio. Mamma non ne vuole sentir parlare, ma tutti dicevano che beveva, che beveva come una spugna. Forse per buttar giù una vita andata storta. Non si era mai sposato. I vicini, che c'era qualcosa che non andava se ne erano accorti dal latrare impazzito dei cani, legati alla catena senza mangiare chissà da quando. Allora erano andati a sbirciare dalla finestra. Non dev'essere stato un bello spettacolo.

Così noi avevamo ereditato la cascina. Che se n'era rimasta lì, chiusa, per almeno dieci anni. Fino a quando papà era andato in pensione e aveva deciso di investire parte della liquidazione in una casa che, se non ci si metteva mano, rischiava davvero di crollare. Almeno secondo mio padre, che in questo tipo di cose è sempre stato un massimalista.

La cucina, in origine piuttosto piccola, era stata ampliata buttando giù il muro che la divideva da una stanzetta vicina, dove un tempo dormivano i nonni, e poi lo zio, essendo il vano più caldo. Dall'altra parte della scala che porta al piano superiore mamma aveva voluto fare il salotto, e lo aveva arredato con mobili acquistati da un costoso mobilificio locale. Le obiezioni sollevate da papà erano state tacitate con un perentorio «almeno questi!», a rammentargli che già si era dovuta sciroppare la camera da letto di sua zia, una vecchietta arzilla morta un cinque anni prima dopo aver sepolto due mariti.

Io ho preso ad andarci volentieri, al paese, per via di Carla. Ci eravamo conosciute all'università, alla prima lezione di letteratura italiana. Tutte e due sole e un po' spaesate: seguivamo gli stessi corsi e avevamo fatto presto amicizia. Dopo la laurea lei aveva iniziato la trafila delle supplenze, finché non aveva vinto il concorso ed era entrata di ruolo in un liceo di Alessandria. Io ero stata assunta all'Althea, ma per via della casa appena ristrutturata, proprio nel comune vicino, avevamo potuto continuare a frequentarci.

Quel sabato sera eravamo andate a cena col solito gruppetto di amici, in un agriturismo. Anche se chiamarlo agriturismo è quanto meno azzardato: si trattava di un'ala di una grande azienda agricola che, col passaggio di proprietà a una multinazionale del vino, era stata ceduta a una coppia di Milano. Veramente milanese lo era soltanto lui: un sessantenne giovanile già proprietario di un lounge bar sui Navigli. Lei era sulla quarantina, tedesca: facile che avessero cambiato aria per levarsi di torno un'ex-moglie incarognita. Insomma: è già tanto se, di prodotto in loco, ci fossero le verdure dell'orto. Ma la sala da pranzo era splendida, con due grosse vetrate ad arco che guardavano una corte in cui troneggiava, solitario, un colossale ippocastano. Quanto al cibo, senza infamia e senza lode, a parte forse un bell'assortimento di antipasti. E una scelta di vini inusitata, anche se più adatta a una clientela cittadina, visti i prezzi.

Carla aveva di nuovo cambiato taglio di capelli, e tinta. Lo fa almeno tre volte l'anno: è una mania che coltiva con diligenza appassionata. Ora era nero corvino – «mirtillo», mi aveva subito corretta – con la sfumatura alta e un lungo ciuffo che le scendeva sulla guancia sinistra. L'ultima volta che l'avevo vista era ancora castano chiaro con mèche bionde – «graffiature», aveva puntigliosamente precisato – ma in precedenza era stata rossa, bionda, di un colore che lei definiva "albicocca", e chi più ne ha più ne metta.

– A me piaci più chiara, visto che hai gli occhi azzurri…

– Appunto che ho gli occhi azzurri sto meglio scura: fa contrasto, non ti pare?

– Sarà… e poi stavi bene col carré… Perché cambi in continuazione? Uno non fa in tempo ad abituarsi… a farci l'occhio…

– Ah, con te non c'è questo problema: più o meno scalata, hai sempre la stessa pettinatura!

– I capelli lunghi sono più comodi: non devi stare lì delle ore ad acconciarli…

– Dici così perché li hai ricci naturali! Io ho 'sti spaghi…

– … e poi non è vero: prima avevo la riga nel mezzo! Ho portato anche la frangetta!

– Sì, quando eri alle elementari!

Terminato di cenare, come succedeva spesso, avevamo tirato tardi in un locale di Ovada, quello in piazza, famoso perché pare ci si fermasse a bere Fausto Coppi, già saldamente al comando del drappello di testa della Milano-Sanremo. Dicono attratto dall'avvenente proprietaria di allora... Alla fine eravamo rimaste solo io e Carla. Le irriducibili. E il discorso era andato a parare sulla Marinin.

– Che brutta morte, però, neh?

– Guarda, non posso fare a meno di pensarci. Ci sei andata al funerale?

– Sì, sì. Ho incontrato tua madre.

– Figurati, non se ne perde uno. È una vera appassionata di funerali. Mi ha colpito la reazione di Anna. Sono passata da lei la sera dopo: a parte qualche lacrimuccia di circostanza, imperturbabile.

– Be', diciamo che si è levata un bel peso... cioè, un motivo d'imbarazzo. L'unico che le era rimasto dopo che suo padre aveva tolto il disturbo. Anche se non in maniera discreta come avrebbe voluto lei.

– Perché? Com'è morto suo padre?

– Schiacciato dal trattore. Non ti sto a raccontare in che condizioni era! Lo è andato a vedere papà alla camera mortuaria... lasciamo perdere, va'!

– Come ha fatto a finire sotto al trattore?

– Tecnicamente, intendi? Il trattore si è rovesciato e lui ci è rimasto sotto. Se avesse avuto il roll bar montato se la sarebbe di certo cavata soltanto con qualche osso rotto. Ma sai, qui hanno la zucca dura: i trattori, il roll bar non l'hanno mai avuto, quindi non ce lo mettono. Per loro ingombra e basta. Che teste!

– Ma com'è che si è rovesciato? A quanto ne so, lo Scianca ci era praticamente nato sul trattore...

– Invece di prendere la riva dalla parte della pendenza l'ha presa per traverso. Era in una vigna ripida, e quelle vanno fatte in salita o in discesa. Lo sanno tutti. Però quando hai fretta, devi finire il campo ed è quasi sera, la si fa anche di lato. Basta stare attenti.

Dicono tutti così. Poi magari incappi in un buco, o ti frana il solco, dalla parte a valle, e il trattore si ribalta. E tu ci rimani sotto. Lo Scianca è il secondo, quest'anno. L'altro aveva trent'anni. Vedi che l'età non c'entra: è una questione di cervello. Comunque pare che avesse anche bevuto. Insomma, nulla a che vedere con l'english style di Anna. Vuoi mettere una di quelle belle morti tipo infarto o ictus? Magari nella privacy di casa tua?

– Sei una vera serpe!

– Ma dài! Non è venuta nemmeno al rosario! E sai che nei paesi ci tengono a queste cose... Ha fatto un salto il giorno che è morto, e se ne è scappata subito via. Nemmeno a dormire si è fermata. Poi si è manifestata il giorno del funerale, con maritino e figliolo. Dei suoceri manco l'ombra. Su, si vedeva lontano un miglio che la famiglia le pesava.

– Però c'era il fratello, Giovanni...

– Vabbe', se vogliamo trovarle delle scuse...

– In genere non sei così acida. Che t'ha fatto Anna?

– A me niente. Solo che la conosco da sempre. Tipi così non mi piacciono e basta. Mi danno sui nervi.

– Così come?

Aveva sbuffato, facendo spallucce:

– Sai di quelli che gli stringi la mano e sembra di toccare un pesce morto da una settimana? Per non dir di peggio... Insomma, che se ne stanno sul loro piedestallo e tutti gli altri son cacca. Del resto ha sempre avuto manie di grandezza.

– Non mi pare che si possa parlare di grandezza...

– Be', nel suo piccolo sì, eccome! Non è che sia cresciuta propriamente in una reggia: avessi visto che stamberga...

– Mia madre dice che a Carpeneto hanno una bella cascina.

– Ora ce l'hanno! Prima vivevano in una casa che cadeva a pezzi. Al confronto, la vostra prima della "cura" era l'Hilton. Me la ricordo bene, io e Anna abbiamo fatto elementari e medie nella stessa classe. E già allora...

– Già allora?

– Aveva manie di grandezza. Almeno ai tempi delle medie, prima me la ricordo poco. Poi alle superiori ha superato se stessa!

– Abbiamo il dente avvelenato, eh? Non è che ti ha fregato il moroso?

– Figurati! Non lo ha mai avuto, quella, il moroso! Non che non potesse, anzi, aveva la fila, sai com'è, no? Le gatte morte sono sempre andate per la maggiore! È che non le andava: con i ragazzi di qui non ci voleva aver niente a che fare. Insomma, aveva la puzza sotto il naso. Aspettava il principe azzurro.

In forma di professionista danaroso.

– Allora ci è riuscita. Una vera stratega!

– Tu ci scherzi, ma lo è stata una vera stratega! Ha curato ogni minimo dettaglio, in vista dell'attuazione del piano. Machiavelli in confronto era un dilettante. Pensa che a scuola, – lei ha fatto ragioneria, per avere un diploma e schiodarsi al più presto da qui – a scuola ci andava in ghingheri che noi nemmeno la domenica. Magari aveva una sola giacchetta, ma era una Les Copains. E se la metteva anche se nevicava, a momenti. Non mi ricordo di averle visto una borsa che non fosse firmata: Dior o Balmain.

– Dunque avevano dei soldi, i Merlo. Io, al liceo, non ti dico che ci sono andata con le pezze al culo, ma quasi.

– Stai scherzando? Erano disgraziati come e più di noi altri. Era solo una questione di "investimenti": con gli stessi denari io mi comperavo due paia di jeans, un maglioncino Benetton, profumini e trucchi vari, bigiotteria da battaglia e ci andavo in discoteca il sabato e al cinema la domenica. Lei tesaurizzava in vista dell'acquisto "fico". Intanto non spendeva un cazzo perché non metteva mai il naso fuori di casa.

– Ma va'? Come mai?

– Risparmiava e non si mescolava con la plebaglia. C'è anche da dire che sua madre, in questo, l'ha sempre aiutata.

– La Marinin?

– Se in casa c'era qualche "avanzo di cassa", è certo che lo dirottava sulla figlia. È sempre stata la sua preferita. E nemmeno ne faceva mistero: quando è convolata a giuste nozze aveva un corredo che nemmeno la regina d'Inghilterra…

– E Giorgio, Giorgio dove l'ha trovato?

– Giorgio è stato la naturale conseguenza di un progetto ben congegnato. La dimostrazione del teorema. Anna si è fatta in apnea tutti e cinque gli anni di ragioneria: studiava, studiava, studiava. E basta. Niente discoteca, niente scampagnate, niente cine, niente amici, niente amiche. Neppure le gite scolastiche. Niente di niente. Quando si è diplomata, manco tre mesi ed è andata a lavorare a Genova: un tempo da record.

– Con tutto quello che ha studiato, a quanto mi dici, non mi stupisce che abbia trovato subito un posto. Almeno non è stata fatica per nulla.

– Figurati! Il lavoro glielo ha procurato il padre. Poteva essere anche un'asina calzata e vestita che il posto alla Bluemarine non glielo toglieva nessuno!

I due camerieri avevano iniziato a gironzolarci attorno spazientiti, senz'altro desiderosi che noi e il terzetto rumoroso di ragazzi seduti dall'altra parte della sala ci togliessimo di torno, per poter mettere a posto e tornarsene finalmente a casa. Per fortuna, quegli altri avevano ordinato un ulteriore giro di grappe.

– Scusa, ma come ha fatto lo Scianca, che era un contadino, e per di più disgraziato, a…

– Lo Scianca era un contadino, e pure disgraziato, ma nella sua disgrazia gli era capitato di fare il manente alla Gaggina, la tenuta dei Bruzzo. E il vecchio, l'avvocato Amedeo Bruzzo... be', diciamo che è una potenza. Amico di famiglia dei Marelli, proprietari della Bluemarine. In passato mi pare fosse stato anche nel consiglio d'amministrazione.

– Manente? Una roba da romanzo dei primi del secolo!

– Ridi, ridi, comunque l'Amedeo gliel'ha piazzata, la figlia, e pure niente male. Così la Anna si è messa ancora più in ghingheri e ha cominciato a pendolare su Genova. A vivere una vita ritirata e ad aspettare. Quasi dieci anni. Fino a quando t'ha beccato il pollo, cioè Giorgio. Da quel momento non l'ha tenuta più nessuno: meno di un anno e se l'è sposato.

– Praticamente un fulmine!

– Sai com'è: viaggiare stanca, – e intanto faceva smorfie e mossette che volevano imitare quelle di Anna – la vita in casa è insopportabile, papà beve, mamma rompe le scatole, e poi, tutti quegli zoticoni volgari amici del fratello...

– Un genio! Un genio assoluto! Non è che potrà darci qualche lezione privata, la Anna? Che noi passano gli anni e siamo sempre qui a raccontarcela?

Solo allora mi era caduto l'occhio sul braccialetto di turchesi che occhieggiava dal polsino candido della camicia in garza indiana: la foggia un po' rétro faceva pensare a un regalo di sua madre, senz'altro per Pasqua. Conoscendo Carla, l'avrebbe messo qualche volta per darle soddisfazione e poi sarebbe finito in fondo a qualche cassetto, sepolto da mutande e reggiseni.

– Comunque il matrimonio pare sia stato sciccosissimo. Mica si è sposata a Carpeneto, figurati! In san Francesco d'Albaro, si è sposata. Con tanto di strascico di pizzo. Ma di parenti ne ha invitati ben pochi. Giusto il minimo, per evitare di far brutta figura. Te l'immagini le sorelle dello Scianca con l'abito buono? Magari col cappellino? E torme di Mammoliti giunte appositamente da Palmi? Con un treno speciale…

Non la smetteva più di ridere, la Carla, e anch'io avevo preso a sghignazzare, catturata dallo scenario felliniano che mi prospettava. Sicuramente qualche bicchiere di troppo contribuiva a esasperare la comune ilarità. Ma ero certa che, al di là del ben noto spirito caustico di Carla, e del discreto tasso alcolico, il panorama che mi aveva descritto poteva essere verosimile.

– Ora andiamocene a nanna, che son già passate le tre. E mia madre, nonostante fra poco siano quaranta, mi fa ancora il predicozzo, se rincaso tardi…

– Perché credi che la mia mi faccia i complimenti? Andiamo, dài!

Sette

Santa domenica! Una sana ronfa, una bella doccia, qualche mossa strategica per evitare mamma e l'inevitabile «a che ora sei rientrata, ieri sera? Non t'ho nemmeno sentita. Dev'essere stato proprio tardi». Bugia. Bugia grande come una casa. Figurati se non mi ha sentita! Deve avere un dispositivo speciale nel cervello, la mamma. Un Nadia-detector che si attiva un nanosecondo prima che io entri dal cancello con la macchina. Non è il rumore delle gomme sulla ghiaia a svegliarla. Ne sono certa. È già sveglia un attimo prima. E guarda l'ora. Ma chi di bugia ferisce…

– Sarà stata al massimo l'una – e via di corsa prima di innescare il consueto battibecco. Da papà che, naturalmente, si trovava nel suo "regno". Ovverosia nel garage. O meglio, nel vecchio deposito degli attrezzi trasformato in garage… che poi garage lo era stato per pochissimo, presto ritrasformato in "officina" bricolage da mio padre: senza far niente, lui, non ci sa stare nemmeno un minuto, e là dentro ci ripara qualsiasi cosa, utile o inutile che sia. L'antro del demiurgo!

– Ciao pa', ci vieni a fare una camminatina con me?

– Fatto tardi, ieri, eh? La mamma dice che erano quasi le quattro…

– Vedi che lo sa a che ora son tornata! Eppure si ostina a chiedermelo ogni volta.

– La mamma è fatta così, lo sai… mica la puoi cambiare, – le sue labbra si erano distese in un sorrisino complice – non è un po' tardi per andare a camminare? Lo sai che la mamma...

– Sì, alle dodici e mezza scalpita già per mangiare... che ti fa di buono oggi?

– Pansoti e faraona.

– Dài, che per la mezza, massimo l'una siamo di ritorno!

Si era preso un viottolo in salita che porta a una bella casa padronale isolata sopra un poggio, ormai cadente e abbandonata. Sotto di noi le vigne, timidamente, iniziavano a tirar fuori le prime foglie. Laggiù casa nostra, col suo tetto di coppi rossi, emergeva dal verde tenebroso degli abeti piantati, chissà per quale ghiribizzo, dallo zio. Giusto il tempo per guardarci un po' attorno ed eravamo tornati per la strada asfaltata. Nelle vicinanze della Bocciofila avevamo incontrato Luigiun, un vispo ottantenne, che prendeva amabilmente per il culo il vecchio parroco, rinfocolando antiche diatribe politiche: così avevamo fatto quattro parole, sul tempo, su quella primavera che non voleva saperne di arrivare dopo tanta neve, sul nuovo maneggio che degli svizzeri avevano aperto nella valletta della Piorna. O forse erano tedeschi? Anche loro? Ad ogni modo, quando eravamo rientrati, alle dodici e trentacinque, la mamma aveva mugugnato.

A tavola mi ero limitata a spiluccare qualche fagiolino condito e a sgranocchiare una mela, con mia madre che imperversava:

– Come fai a mangiare così poco! Poi ti si restringe lo stomaco e ti dovranno operare...

Aveva continuato per altri cinque minuti buoni a propinarci un concetto tutto suo, e inossidabile, di questa e di altre patologie fisiche simili, concludendo con un tono da scena madre, per l'appunto:

– ... ma meno male che allora non ci sarò più!

Dopo pranzo mi ero messa a leggere accoccolata sul divanetto di vimini che abbiamo in veranda e verso le quattro ero andata da Carla, a vedere – e provare – le nuovissime chaise longue che avevano comperato per il giardino. Un giardino che avrebbe fatto invidia a madame Pompadour, tanto era curato nel dettaglio: prato rasato con attenzione meticolosa, aiuole traboccanti di primule variopinte, un'imponente ortensia addossata alla casa, quasi pronta per fiorire.

La madre di Carla, con la messa in piega fresca di parrucchiere, paludata in un camicione di jeans atto a mascherare, per quanto possibile, un fisico decisamente appesantito, era venuta ad aprirmi il cancello. Carla, seduta sulla sdraio, stava correggendo con la classica matita rossa e blu una pila di versioni di latino. Mi ero accomodata anch'io, un po' invidiosa di quella maniacale perfezione, e avevamo iniziato a ciarlare del più e del meno. Inesorabilmente, il discorso era caduto ancora una volta sulla Marinin: senza dubbio quello era l'argomento del mese, e io ero la guest star di tutti quei piccoli talk show occasionali. Insomma, avevo raccontato per l'ennesima volta come era andata. Cioè, come non era andata, visto che in fondo non ne sapevo un fico.

– Te l'ha detto la mamma? Anna al funerale era impeccabile. Elegantissima. E i fiori: quanti! Pensa che c'erano cinque corone e due cuscini. Oltre naturalmente al copricassa: una meraviglia: tutti anthurium rossi...

Avevo notato come fosse esattamente la stessa descrizione che aveva fatto mia madre: in fatto di funerali come eventi "sociali" lei e la signora Melia avevano proprio gli stessi gusti.

– La Marinin sarebbe stata contentissima. Le usciva proprio dagli occhi quella figlia!

– Sì, me l'ha detto Carla che era la sua preferita. Anche se, a dire il vero, non l'avrei mai immaginato, visto quanto litigavano!

– Non sempre gli amori sono corrisposti... – aveva sentenziato Carla – te lo dicevo, ieri sera, che Anna riteneva i suoi genitori impresentabili, una macchia di volgarità nel suo paradiso candido di bon ton.

– E pensare che aveva iniziato a farle il corredo ancor prima che nascesse... E invece le era arrivato il maschio. Giovanni.

– Che anche lui è transumato presto: a vent'anni se ne stava già da solo a Milano...

– Ah! Il corredo della figlia era il suo orgoglio, la sua passione. Non faceva che parlar di quello. Anche quando le bambine erano piccole. Alle elementari. Sarà che lei il corredo non l'aveva avuto... In lenzuoli e tovaglie aveva speso un mare di soldi.

– Racimolati con la tratta delle bianche.

– La tratta delle bianche?

– Uff, tratta delle bianche! Non starla a sentire, la Carla! Sempre polemica! Per me non è mica mia figlia: me l'hanno cambiata. Me l'hanno cambiata all'ospedale! Tanto suo padre è così *abelinato* che non se ne sarebbe nemmeno accorto! – nel frattempo, infatti, era anche arrivato il signor Pino che se la sogghignava beato sotto i baffi reggendo un vassoio con una caraffa di tè freddo e quattro bicchieri.

– Bevete qualcosa, belle donne?

– Grazie, sì. Com'è la storia della tratta delle bianche?

– È che hai un'amica scema, cara la mia Nadia. Quasi quarant'anni e scema come a dodici...

– Raccontagliela, raccontagliela. Poi vediamo a chi dà ragione.

– Con tutti i libri che avete studiato, non lo sapete come si stava qui nel dopoguerra? Stavi bene solo se avevi tanta terra. Chi ne aveva poca o, peggio, faceva il mezzadro, tirava a campare. E se l'annata era brutta si faceva la fame. E le annate erano sempre brutte: o veniva la grandine, o non pioveva, o pioveva troppo. E se erano buone, di uva ce n'era un sacco e te la pagavano quattro *palanche*. Questo per dire che noi ragazze, se potevamo, un contadino non ce lo sposavamo. Preferivamo prenderci un operaio. Come ho fatto io. Non c'era paragone! Intanto erano, come dire, più emancipati. C'era stata la resistenza, le lotte operaie, il sindacato, il partito. Oh, Pino comperava il giornale tutti i giorni. *L'Unità*. E le donne, le mogli, mica le trattavano come i contadini... gli operai erano più... più evoluti. Poi c'era lo stipendio alla fine del mese. Sicuro. Si poteva chiedere un prestito... Noi la casa l'abbiamo riscattata così. Perché non era mica tutta nostra, la casa. Solo un terzo. Con fatica, sacrifici, ce la siamo comperata. E la Carla l'abbiamo fatta studiare. L'abbiamo mandata anche all'università...

– Ma'! E stringi!

– A farla breve uno come lo Scianca non l'avrebbe voluto nessuno. Io no di sicuro! Giusto la Marinin, che era più morta di fame di lui.

– Perché? La Marinin...

– La Marinin... per quelle tipo la Marinin, era diverso: venivano dalla Bassa. Loro si accontentavano. Si accontentavano di più.

– Vabbe', e la tratta delle bianche?

– Allora: ce l'hai presente i Pagliaro? Quelli della Garbagna?

– Fanno un barbera che è la fine del mondo!

– I Pagliaro sono venuti su dalla Calabria appena finita la guerra. Padre, madre e quattro figli. Anche loro sono di Palmi. Facevano i mezzadri dal conte. Poi hanno preso in affitto la Garbagna, che era tanto fuori mano da essere abbandonata da un bel pezzo. La cascina aveva a malapena il tetto in piedi... Comunque, a furia di lavorare, piano piano, hanno cominciato a mettersi in sesto. E una volta sistemati, visto che la vigna era tanta, hanno fatto venir su anche un cugino: Rocco. Che si è portato con sé anche la sorella, la Marinin, appunto. Rocco, alla Marinin, praticamente le aveva fatto da padre, anzi, da padre e madre, visto che la madre era morta quando lei aveva cinque anni, così il papà si era risposato e aveva messo al mondo un altro po' di figli. Quando è arrivata, dicono tutti che era uno splendore: portava le trecce fino al sedere e aveva due occhi neri, ma due occhi neri... Diciotto anni: al ballo al palchetto li aveva tutti dietro, ma aveva fatto colpo soprattutto sullo Scianca. Che intanto da noi "locali" aveva ben poco da sperare. E lo sapeva, se lo sapeva! Si sono sposati in quattro e quattr'otto. Massimo massimo sei mesi.

– Un'arte di famiglia, quella del matrimonio lampo!

– Possibile che devi interrompermi in continuazione, Carla? Mai che mi fai finire un discorso senza metterci becco! Appena sposati hanno preso il treno e sono andati al paese, in Calabria, dai parenti di lei. Qualche mese dopo, quasi per scherzo, un amico dello Scianca, della sua stessa leva, fra il serio e il faceto le fa qualcosa del tipo: «Ma non ce l'avresti un'amica da presentarmi?». Detto fatto: la Marinin scrive a una sua mezza cugina, e si fa mandare la foto. A Battista piace. Tanto, qui non avrebbe trovato di meglio. Ci pensa un po' su, poi le dice che va bene, che si può fare. E in primavera, alla Garbagna, arriva, bella bella, la Tina: la prima di una discreta serie. In breve tutti gli scapoli del paese e zone limitrofe – perché intanto si era sparsa la voce –, almeno quelli che volevano una donna all'antica, capace di lavorare e tacere, abituata a faticare, e senza tanti grilli per la testa: eccoteli accasati.

– E com'è che funzionava?

– Dopo la Tina, che era stata una cosa venuta fuori così... in maniera "artigianale", la Marinin si era fatta mandare un po' di fotografie delle ragazze del paese e le mostrava. Su richiesta. Poi spediva giù la foto dell'interessato e, se alla lei di turno andava a genio, affare concluso.

– Ma guarda che non erano mica solo quelle della Bassa a essere ricercate...

Il signor Pino, da bravo comunista, evidentemente ci teneva alla correttezza storica:

– … anche le venete lo erano! Venivano per vendemmiare e qualcuna trovava marito, come la Irma…

– Lascia perdere, pa', che questa è un'altra storia!

– E si faceva pagare, la Marinin?

– Non è proprio che si facesse pagare… la pagavano e basta… era, come si dice, implicito.

– E quei soldi…

– Li metteva via per il corredo della figlia che non era ancora capitata. Ma era certa che l'avrebbe avuta, tanto la voleva. E che doveva diventare una principessina. Altro che la vita che aveva fatto lei…

– Dura?

– Be', lo Scianca era mezzadro: avranno cambiato cinque o sei cascine, prima di arrivare alla Gaggina.

– Comunque devono aver risparmiato un bel gruzzoletto, se sono riusciti a comperarsi la casa a Carpeneto…

– Questa è veramente un'altra storia!

Nel frattempo la micetta dei vicini, dopo aver a lungo occhieggiato attraverso la siepe, si era intrufolata in giardino e sembrava guardarci con occhi curiosi: forse quella strana vicenda di mogli su commissione aveva appassionato anche lei, e ora voleva sentire il seguito. Ma la sua attenzione era stata subito dopo attratta da una lucertola che aveva fatto capolino da una crepa del vecchio pozzo. Sicché se ne era tornata ai suoi svaghi, incurante della svolta noir che aveva preso il racconto di Pino.

– Dài, su, Pino! Non rivangare quella brutta faccenda. Non sta bene: lo Scianca è morto, e dei morti…

Non avevo potuto trattenere la domanda fatidica:

– Quale faccenda?

– Diciamo che i denari della casa di Carpeneto sono stati una specie di risarcimento.

– Per che cosa?

– Per essersi fatto un po' di galera. Al posto di qualcun altro, probabilmente.

– Lo Scianca è stato in galera? Cos'è che ha fatto?

– Lui, forse, niente. Comunque gli hanno trovato una vagonata di armi rubate, o non registrate.

– Chi gliel'ha trovate? E dove?

– I carabinieri, gliel'hanno trovate. Nel furgoncino dell'azienda agricola. Sarà successo una decina d'anni fa.

– E com'è che è andata?

– I carabinieri avevano avuto una soffiata. Un informatore li aveva avvertiti che era in arrivo una "partita" di armi illegali. E che la "transazione" doveva avvenire al Grappolo d'oro, una pensione equivoca poco fuori Alessandria. Ce l'hai presente? È un posto da quattro soldi dove ci si fermano a mangiare i camionisti, e dove ci vanno le coppie "clandestine". O le prostitute. I carabinieri, con un'auto civetta, si appostano, e aspettano il segnale dell'informatore. Dal piazzale sul retro esce un furgone bianco. Loro lo seguono fino a quando non prende il viale della Gaggina. A questo punto si fermano e chiamano il maresciallo. Certo, non si aspettavano che la destinazione fosse quella. Sai, l'avvocato Bruzzo, oltre a essere un avvocato, è ammanigliato con una miriade di politici. A fartela breve il maresciallo arriva e suonano al cancello. Per caso in cascina c'era anche l'avvocato che, di solito, durante la settimana sta a Genova. Lui non si scompone, li fa entrare e li porta nella rimessa. Aprono il furgone e dentro ci trovano una ventina di fucili e qualche pistola. Allora l'avvocato manda a chiamare lo Scianca che, senza fare una piega, ammette di averla portata lì lui, quella roba...

– Ma da dove uscivano, quelle armi?

– Non si è mai saputo. Cioè, lo Scianca non l'ha mai voluto dire, almeno ai carabinieri. È per quello che si è fatto un mesetto di carcere. A scopo cautelare. Comunque la "soffiata" era una mezza bufala: i carabinieri si aspettavano armi "vere", mica quella ferraglia là...

– Scusi, in che senso?

– Nel senso che la maggior parte erano armi della Seconda guerra mondiale. Quelle che avevano nascosto i partigiani dopo il 25 aprile, perché non si sapeva ancora bene come sarebbero andate le cose. Poi c'era qualche bel fucile da caccia...

– Rubato?

– Mah, rubato... Ad esempio ce n'era uno bellissimo che era di Gustin, il vecchio farmacista. La figlia, che vive a Brema, aveva sgomberato la casa un anno dopo che era morto, quando aveva deciso di liberarsene. Così si era fatto avanti Marietto, e le aveva proposto di comperare i fucili del padre. Che però non c'erano già più. E lei ha denunciato la scomparsa ai carabinieri, per non finire nei guai caso mai fosse capitato qualcosa di brutto. In realtà non sappiamo come sono andate le cose: con la sua flebite, Gustin non andava più a caccia da almeno quindici anni. Magari i fucili se li era venduti. O li aveva prestati a qualcuno.

– E lo Scianca?

– Lo Scianca, zitto. L'avvocato l'ha aiutato in tutti i modi. Però, dopo quello che era successo, non poteva certo continuare a tenerselo in casa. Sai che è una persona in vista, con amicizie altolocate: "onorevoli", industriali...

– E al suo posto sono arrivati gli albanesi...

– Slavi, mamma, slavi.

– Perché, gli albanesi non sono slavi anche loro?

– Sì ma questi non sono albanesi, vengono dall'Erzegovina.

Peraltro uno, quello moro, c'era già prima. Non abitava in cascina ma ci andava a lavorare di tanto in tanto, a giornata.

– Vabbe', comunque se lo Scianca, che di *palanche* ne aveva avute sempre pochine, nel giro di un anno si è comperato la casa in cui stanno ora: per me vuol dire che si è preso la colpa di un altro.

– E di chi?

– Magari dell'avvocato. O di suo figlio Gianfranco.

– Ma perché avrebbero dovuto comperare delle armi illegalmente?

– Ah, sono appassionati di armi, loro. L'avvocato le colleziona. Una vera mania. In maniera lecita, naturalmente. Tutte registrate. Almeno a quanto ne sappiamo... Ora però vi lascio che devo andare a imbottigliare. Prima che mi cambi la luna. Se no non mi viene bello frizzante, il bianco. Vieni, Melia, vieni a darmi una mano.

Io e Carla eravamo rimaste sole in giardino.

– Che storia, eh?

– Già.

– Be', Anna non ha tutti i torti a essere imbarazzata ad avere due genitori così. Mamma sensale e padre che è finito in galera, non è mica da tutti... L'una e l'altro morti di morte violenta.

– Ma dài! La Marinin l'hanno ammazzata, ma il padre è morto sotto il trattore. Succede, in campagna.

– Ad ogni modo non è morto di morte naturale...

– Ma che vai a pensare? Ti è venuta la sindrome di Maigret? Dev'essere quel tipo, il poliziotto letterato, che ti ha dato alla testa!

– Sarà, però tutta la faccenda è ben strana! Scusa, l'informatore rischia di suo per fare una soffiata su una compravendita di ciarpame? E i carabinieri, per dei ferrivecchi, lo vanno a sfruculiare nientepopodimenoche, non dico a un semplice avvocato, ma a un Principe del Foro, con una miriade di amici ministri, senatori e imprenditori? E poi, se erano dei ferrivecchi, che se ne faceva l'avvocato? Un traffico losco lo si può pure azzardare se ne vale la pena, non certo per dei fucili vecchi mezzo secolo. O per la carabina di Gustin.

– Ma guarda che i Bruzzo son gente strana. Indipendentemente dal fatto che sono fasci notori. E ai fasci, si sa, le armi piacciono un sacco. Chiedilo a Lorenzo, che, per via di Massimo, li conosce bene.

Lorenzo è il cognato di Cinzia, un'altra amica "storica". In effetti lui, ai Bruzzo, era sempre girato per casa. Aveva studiato Medicina con Massimo, il secondogenito dell'avvocato. Ma negli ultimi tempi la loro amicizia si era un po' raffreddata: Massimo andava poco a genio a Marina, sua moglie. E da quando si erano sposati le occasioni per frequentarsi erano diventate pochissime. Marina era gelosa da morire. E Massimo era sempre stato un dongiovanni. Come il padre. Insomma, aveva paura che le traviasse il marito.

– A proposito del poliziotto letterato, che dici, gliele devo riferire 'ste faccende? Intanto dovrei tornare a firmare la deposizione. Magari gli do un colpo di telefono.

– Ma ti sei *imbelinita*? Che te frega? Se ti telefona, se ti ci tocca andare, bene, puoi anche dirglielo. Ma altrimenti perché devi stare a perdere tempo? Che poi son scemenze…

– Domani a che ora entri a scuola?

– Alle undici, ho solo due ore.

– Ma sei diventata un boss al liceo: sabato libero e il lunedì entri alle undici. Che lusso! Io torno a Genova dopo cena. Ce l'andiamo a mangiare una pizza dal Bagatto?

Otto

Aveva telefonato lui. E mi aveva tenuto quasi un'ora a parlare di cinema: per il fatto che ero alle prese con i Templari pensava mi fossi precipitata a vedere *Le crociate*. Mi aveva colta impreparata: in effetti non ero ancora andata, ma lo avrei fatto presto, visto che le cose di Ridley Scott in genere mi piacciono. Errore madornale! A lui ce l'avevano trascinato controvoglia e il film gli aveva fatto schifo: era un minestrone indecente di imprecisioni storiche tipo che: Sibilla, primo, andava a cavallo, secondo, montava da uomo che mai una donna a quei tempi là avrebbe fatto una roba simile, terzo, va ad accoppiarsi con un maniscalco, eccetera, eccetera. Così presa d'assedio, avevo giurato e spergiurato che non sarei andata a vederlo neanche sotto tortura, neanche morta! Aveva riso. Di nuovo *ahhrr ahrr*. Fortuna che su Wim Wenders eravamo d'accordo, e anche su David Lynch. Altrimenti, sai che disastro? Declassata di colpo fra la marmaglia degli incompetenti superficiali! Con l'aggravante d'esser femmina. Vanerella e sciocchina. Insomma: scampato pericolo. Almeno per quella volta. Allo scoccare del quarantesimo minuto pareva si fosse ricordato della ragione per cui mi aveva chiamata. Intanto Gian Paolo era passato per la quarta volta davanti alla mia scrivania. Gli usciva il fumo dalle orecchie.

– Sa, poi penso che sia opportuno che faccia un salto qui per mettere a verbale le cose che mi ha raccontato la scorsa volta al telefono.

Un'occasione fantastica! Offertami su un piatto d'argento proprio mentre avevo il capo lì di fronte.

– A dire il vero avrei qualche problema a muovermi dall'ufficio, dottor Prini. Ho appena incominciato un nuovo lavoro piuttosto impegnativo. Potrei però rinunciare alla pausa pranzo e venire in Questura attorno alle tredici, se per lei non è troppo disturbo.

Gian Paolo aveva iniziato a fare orribili smorfie muovendo indice e medio a guisa di forbici.

– Va benissimo, facciamo dopodomani? Domani ho già i due suoi vicini. I signori...

– Lagomarsino, Dario e Bice.

– Sì, Lagomarsino. A detta di Maresca, due ossi duri.

– Diciamo due *stancacervelli*. Inizieranno il racconto dalla data dell'edificazione del caseggiato, inframmezzandolo con almeno una decina di storie parallele. In questo, una coppia molto affiatata. Ma son brave persone. Simpatiche. Allora a dopodomani.

Ah! Stavolta non mi fregava: dei Lagomarsino sapevo già tutto! Ben prima dei questurini. Della Martinoni no, di sicuro. Ma della Celere questa volta sì. La domenica prima, di ritorno dalla pizza con Carla, avevo posteggiato la macchina ai soliti quattro isolati di distanza. E mentre me ne trotterellavo assonnata in discesa, chi ti vado a incontrare? Il signor Dario che, come ogni sera, stava portando fuori il cane. Così avevamo fatto la strada insieme, con lui che trascinava quell'orribile barboncino recalcitrante, e io che mi sforzavo di tenere dietro al suo passo da fondista. Quindi, fermandosi di tanto in tanto ad aspettare che il riccioluto cagnetto facesse la pipì ora sulla ruota di una Vespa, ora sul palo della fermata dell'autobus, ora su un sacchetto della monnezza improvvidamente abbandonato fuori dell'apposito contenitore, peraltro già stracolmo, mi aveva raccontato di quel sabato famoso. Niente di speciale, a dire la verità... Semplicemente, erano andati a fare gli auguri di

Pasqua alla sorella di lui, che abita praticamente nel palazzo di fronte. Avevano cenato là – come faceva le verdure ripiene sua sorella, aveva tenuto a precisare, non c'era nessun'altra al mondo: era per via della cervella che metteva nella carne trita dell'impasto, sapientemente miscelata con la *persa* – e verso le nove se ne erano tornati a casa, a preparare i bagagli per il giorno dopo. Ma mancava la luce. Così lui aveva preso la pila ed era andato giù dai contatori, lasciando la sua signora a casa intenta a smadonnare, visto che doveva ancora finire di fare i borsoni. C'era l'interruttore generale staccato, tutto lì. Era bastato tirare su la levetta, e la luce era tornata. Quella spiegazione, però, mi aveva soddisfatta solo in parte:

– Ma secondo lei era "saltato" il salvavita?

– Figuriamoci! A parte che non c'era mica il temporale, quella sera – cosa che, in effetti, mi aveva già fatto notare l'ispettore-meteorologo Quaglia – e poi, l'interruttore generale non è che funzioni proprio come quello di casa... insomma, prima che salti, ce ne vuole!

– Quindi l'ha staccato qualcuno?

– Questo è poco ma sicuro!

– E chi?

– Boh? Magari quelli del 19, all'ultimo piano: stanno mettendo a posto l'appartamento per sposarsi e ne hanno già combinate di tutti i colori. A parte che buttano i calcinacci nel cassonetto e lasciano sempre l'ascensore che è uno schifo, l'interruttore generale lo hanno già lasciato staccato una volta: hanno fatto quello che dovevano fare e poi se ne sono andati. Era ancora chiaro e non se ne saranno accorti. Ad ogni modo l'ho riattaccato io anche quella volta là.

Io non sapevo neanche che l'avessero venduto, il 19... Ci stava una vecchierella. Magari era morta, o era finita alla casa di riposo. Certo lei non si era fatta ammazzare. Almeno credo.

– Ma lo sportello del contatore era aperto?

– Era aperto, era aperto… ma che vuol dire? Io lo chiudo sempre, altri no. Non ci fanno caso. O se ne fregano. E anche se fosse stato chiuso, c'è una serraturina da ridere. Si apre con qualsiasi cosa.

– E le chiavi chi ce le ha?

– L'amministratore, ammesso che non se le sia perse, pasticcione com'è. Poi io e Bacci, in quanto consiglieri. Ne abbiamo fatta fare una in più, da dare a chi deve fare dei lavori. O io o Bacci, in realtà, ci siamo quasi sempre. Però non si sa mai. Adesso ce l'hanno appunto quelli del 19. Almeno, non me l'hanno ancora restituita…

Ormai eravamo davanti al portone: un nugolo di gatti ci fissava guardingo, spazzolando mollemente il selciato con le code. La signorina Codogno, una zitella smilza e cotonata che aveva di gran lunga superato i settanta, a dispetto dei ripetuti richiami – ufficiali e ufficiosi – dei condomini, si ostinava a disseminare ovunque piattini di crocchette. Crocchette che non erano disdegnate neppure dai piccioni. E dai gabbiani. Tanto grossi e cazzulenti da arrivare a mettere in fuga perfino quegli obesi miciastri…

– Secondo lei chi è stato?

– A strangolare la Marinin?

– Ma no, a staccare la corrente! I futuri sposini no di sicuro: la luce è mancata che era già buio, non avrebbero nemmeno potuto prendere l'ascensore!

– Mah! *Figieu, bardasciammi*… Quando ci sono le scuole chiuse non hanno niente da fare e vanno in giro a combinare guai. Al Righi davano fuoco ai bidoni della *rumenta*. Pensi, tredici anni! Una bella riga di *mascate*! Ecco quello che gli ci vorrebbe… invece li mandano dallo *pissicologo*!

Ovviamente intendeva lo psicologo, ma del resto gli avevo già sentito dire anche *pissichiatra*, che poi sarebbe *u megu di matti*.

– Uno scherzo, dunque? Uno scherzo di qualche ragazzaccio…

– E chi vuole che sia stato? L'assassino?

– E perché no?

– Ma figuramoci! La Marinin l'ha ammazzata di sicuro qualcuno di quelli che vanno in giro a *domandare*. Le avrà chiesto dei soldi, lei non gliel'ha dati, lui l'ha fatta fuori. Tutto lì.

Già, tutto lì, era meglio che me ne andassi a dormire. E che dormissi subito, senza stare a pensare a simili puttanate.

Due giorni dopo, all'una in punto ero in Questura. Ovviamente Gian Paolo aveva trovato da ridire:

– Va a finire che ti ci passi il pomeriggio là dentro! Con il manuale di linguistica da impaginare. Eppure dovresti saperlo che è un lavoro urgente: è in adozione nel primo semestre!

– Invece del manuale non potrebbero adottare un orfanello a distanza? Son quasi certa che costerebbe di meno... – avevo cantilenato precipitandomi per le scale, in prodigioso equilibrio su un paio di décolleté viola taccododici, rinnovate per l'occasione. Perfettamente intonate alla giacchina di pelle, viola pure lei.

– Ridi, ridi, vedrai le risate quando andremo a dormire sotto il ponte del Bisagno!

La verbalizzazione aveva preso poco tempo: una mezz'oretta, non di più. La sorpresa era stata quando mi ero alzata e avevo porto la mano a Prini, sprofondato nella sua poltrona super-tecnologica.

– Guardi, quasi quasi l'accompagno. A quest'ora dovrò pur mettere qualcosa nello stomaco!

Mi aveva aperto la porta e praticamente sospinto verso l'ascensore.

– Anzi, se crede, possiamo mangiare un boccone assieme. Ha già pranzato?

Tutto mi sarei aspettata tranne che un invito a pranzo...

– No, non ho pranzato: raramente ho il tempo per farlo. Le terrò compagnia volentieri... magari un'insalata.

C'eravamo seduti nel dehors di un baretto sotto i portici di piazza della Vittoria: tovaglie lilla e set all'americana viola... Giust'appunto in pendant con la mia mise! Attorno, una multiforme genìa di esseri in giacca-e-cravatta bighellonava in attesa di tornare in ufficio, facendo mostra di svolgere mansioni di alta responsabilità. E per questo di essere già esausti nel primo pomeriggio. Dal loro atteggiarsi, sussiegoso e complice, parevano tutti dirigenti di multinazionali delegati a governare il mega-trend dell'economia mondiale. Le donne, a dire il vero meno numerose, civettavano compiaciute in tailleurini attillati, imbracciando le loro Fendi o le loro Vuitton. Molte delle quali taroccate.

Un cameriere lungagnone, capelli "sparati" e brillantino al lobo sinistro, aveva senza convinzione appoggiato sul tavolo due cartoncini – lilla pure loro – con l'elenco di quanto offriva il locale. Poco dopo avevamo di fronte io un misto di verdure lesse, lui due crostoni brie-speck. Vicino a noi, due ragazze discutevano concitatamente davanti a due piatti di pennette alla panna: a quanto sembrava una non era stata informata per tempo di qualcosa, probabilmente per colpa dell'altra. Alle mie spalle dei francesi stavano chiedendo delucidazioni in merito alle vivande della lista a un altro cameriere che, non capendo, in un inglese stento si sforzava di illustrare i piatti del giorno. In un passeggino un bimbo lanciava gridolini divertiti, forse in francese, ma per fortuna il linguaggio infantile ha la rara dote dell'universalità...

– Mangia quella roba?

Aveva sorriso:

– Stavo per chiedere lo stesso a lei. Sarà mica vegetariana?

– No, però a pranzo preferisco stare leggera: ho ancora la parte più dura della giornata davanti!

Avevamo chiacchierato un po' del più e del meno, prevalentemente di cucina e dei rispettivi gusti alimentari. Soprattutto di vini. Pareva un vero intenditore. Poi, tormentando con la forchetta la montagnola di spinaci insipidi, non mi ero saputa trattenere:

– Secondo lei l'interruttore generale l'ha staccato l'assassino?

– Veramente...

– Sì lo so, mi scusi se sono stata importuna. C'è il segreto istruttorio.

– Bah, tirare in ballo il segreto istruttorio per un caso così mi pare eccessivo.

– Così come?

– Così... banale!

– In che senso banale?

– È presto detto: un caso come ce ne sono tanti. Una donna sola, per di più anziana, viene aggredita e uccisa. Quasi sicuramente a seguito di un tentativo di rapina o di truffa. Niente di più. Quello che non sarà facile è trovare il colpevole. E non è detto che lo si trovi. Almeno non subito. Magari salterà fuori in un'altra indagine. Gente simile è facile che sia recidiva. Comunque, prima o poi... abbia fiducia!

– Lo sa che anche il marito è morto in circostanze, diciamo, singolari? E che era stato implicato in un commercio illegale di armi?

– Oggesù! Certo che la sappiamo la storia dei fucili: è stato anche agli arresti domiciliari per qualche tempo. Ma erano reperti archeologici! Roba della Seconda guerra mondiale. Qualcuno nemmeno funzionante. Riguardo alla morte, però, non mi pare...

– Perché le sembra una cosa normale commerciare in armi inutilizzabili? E magari rischiare di finire pure in galera? Ad ogni modo lo Scianca, cioè Domenico Merlo, non è morto nel suo letto: è stato schiacciato dal trattore.

– Il che mi risulta essere, come si suol dire, una circostanza niente affatto inconsueta per chi, di professione, fa il contadino.

Aveva preso anche il dolce, scodellatogli con malagrazia sotto il naso dal cameriere. I due crostoni grondanti grasso e calorie non gli erano bastati. Ci voleva pure la bavarese. Al mandarino. Una scelta impeccabile, niente da dire! Stava venendo tardi... Gian Paolo si sarebbe senz'altro imbufalito. Ma ormai avevo iniziato, tanto valeva finire.

– Sì, sì, di tanto in tanto ce ne finisce qualcuno, spiaccicato sotto il trattore, però... Insomma, pare che succeda più di frequente ai giovani. Per via della fretta e dell'inesperienza. Lo Scianca, mi dicono, di fretta non ne ha mai avuta in tutta la sua vita. Gran lavoratore, ci mancherebbe. Ma come molti preferiva di gran lunga non lavorare: andare a caccia, all'osteria, andare a donne...

– Il rapporto dei carabinieri di Carpeneto dice che aveva bevuto.

– E lo sa che dopo il pasticciaccio dei fucili, una volta uscito di prigione, mi-ra-co-lo-sa-men-te, gli sono comparsi sul conto in banca un mucchio di milioni? Giusti giusti per comprarsi una bella cascinotta. E si sono materializzati proprio a fagiuolo, considerato che non poteva certo tornare a lavorare, e ad abitare, dall'avvocato...

– Il traffico d'armi rende bene, si sa.

Ero sbottata:

– Ma quale traffico d'armi: eran quattro catorci arrugginiti!

Si era messo a ridere...

– Su, non se la prenda così, facevo per scherzo! E poi in prigione ci sarà rimasto sì e no una settimana...

Era visibilmente divertito. A me erano venuti i *fumasci*: dovevo essere rossa fino alla radice dei capelli. Tendente al viola. Fosforescente sulla punta delle orecchie.

– Bravo, mi prenda in giro! Era meglio se me ne stavo zitta. Pensavo che potesse interessarvi...

L'espressione si era fatta subito seria. Dispiaciuta. La colpa era mia: avevo reagito male. Troppo per una simile sciocchezza.

– Mi scusi, non volevo offenderla... certo che mi, che ci interessa. Soltanto, vede, per noi è un caso di routine, per lei è diverso: conosceva la signora, la famiglia, la storia, i posti. È naturale che si senta coinvolta...

– Non mi sento coinvolta! Per niente! Semplicemente, mi sembra che nel passato recente di quella famiglia sfigata ci sia una vicenda non del tutto chiara, in cui è implicata anche una persona, diciamo, importante. Un pezzo grosso, insomma. E adesso c'è stata messa una bella pietra sopra. Tombale, per giunta. Tutto lì.

– Guardi che non è un mistero: ne siamo perfettamente al corrente. Lo sappiamo che dietro a quella storia c'era del marcio. E che i denari della casa, per Domenico Merlo, sono stati una specie di indennizzo. Ma di qui ad avere delle prove concrete ce ne passa. L'abbiamo capito che c'entrava l'avvocato. D'altronde, se c'è arrivata lei che fa il topo di biblioteca! *Ahhrr ahrr.*

Avevo riso anch'io, facendo quella che doveva assomigliare a una faccia da topo:

– E in che termini c'entrava l'avvocato? Usava le doppiette per falsificare il groviera svizzero? *Squit squit.*

– A parte che il gruyère i buchi non ce li ha, semplicemente il signor Bruzzo è un grosso collezionista di fucili antichi, preziosi: e quelli rubati non si possono certo comperare alle aste. Probabilmente l'informatore ha preso una bufala, e ha creduto che ci fosse in piedi un traffico d'armi quando si trattava solo delle manie di un vecchio signore. Che non poteva certo permettersi di finire sui giornali – persone così, prima che vadano in galera, ce ne vuole! – per il suo costoso vizietto... Che peraltro si è pagato lautamente: una cascina in cambio di uno schioppo. Del re d'Italia, però!

– Dunque sapevate tutto. E non gli avete fatto niente!

– Su, che alla fine sono stati tutti contenti: l'avvocato col fucile del re a far bella mostra di sé nella sua vetrina, i Merlo con una discreta casa di proprietà, comprensiva di vigna. Per una volta i ricchi ci hanno rimesso e i poveri ci hanno guadagnato. Perché andare a scavare?

– Sarà mica comunista, lei?

– Un vicequestore non ha appartenenza politica. Almeno apertamente.

– Comunque non è un buon comunista – avevo assunto un'espressione da Comintern, scandendo le parole con un'enfasi da regime – perché un buon comunista non accetterebbe mai che il povero vinca perdendo la dignità, comperata con i soldi del padrone capitalista, ancora grondanti del sudore e del sangue dei compagni lavoratori!

– Mi devo ricordare di farla tenere d'occhio, in caso di cortei di protesta, scioperi e manifestazioni!

Il conto l'aveva pagato lui. Io avevo fatto finta di protestare. Ci eravamo alzati e salutati di fretta, in gravissimo ritardo entrambi.

– Mi faccia sapere se trova le impronte digitali di Bruzzo sulla maniglia di casa. E, mi raccomando, non esiti a chiamare qualora fosse pedinata da qualche losco figuro tipo ex-militante della Legione straniera!

– Non mancherò, dottor Prini, non mancherò.

Nove

– Per me ti si fila.

– Ma dài! L'ho visto due volte!

– Però ti telefona, ti invita a pranzo...

– Una volta, mi ha telefonato, una volta! E per motivi di lavoro.

– E ci state un sacco, al telefono!

– Su, praticamente non lo conosco.

– Ma ne parli in continuazione.

– Ora, in continuazione... È per via di 'sta storia. Mi ci sto appassionando.

– Vedi che ti piace?

– Alla storia mi sto appassionando, alla storia. Lui è un mostricino.

– Perché? È pure brutto, oltre che celerino?

– Non è un celerino: è un vicequestore. Però brutto è brutto. Sembra un allevatore bergamasco.

– Conosci degli allevatori bergamaschi e non mi dici niente?

– Non essere cretina! Dicevo così per dire. Nel senso che è un po'... è piuttosto... no, è parecchio grossolano. Oddio, non nei modi, quelli son fin troppo raffinati, si vede che viene da una famiglia perbene. Nei lineamenti, nella corporatura, intendo. È sgraziato, ecco. Tu fa' conto di parlare con un allevatore bergamasco che ha studiato a Oxford...

– Comunque per me gli piaci. Ce ne porti un altro? – Carla

stava sventolando in aria il bicchiere vuoto cercando di catturare l'attenzione di Luca, il gestore dell'enoteca – E ancora qualche stuzzichino, grazie!

Aveva sfoderato un sorrisone soddisfatto. Nel locale un po' in penombra stazionava, vociante e ridanciana, una ricca campionatura di varia umanità dedita a celebrare la liturgia dell'happy-hour serale. I gruppuscoli più nutriti si erano insediati nei piccoli séparé muniti di divanetti blu, tanto bassi da farti stare con le ginocchia in bocca, altri, meno fortunati, avevano dovuto accontentarsi dei classici tavolini tondi sparpagliati nell'ampio ingresso. Altri ancora si assiepavano davanti al bancone, oberato di cabaret stracolmi di pizzette, striscioline di focaccia, minuscoli tramezzini, tartine al tonno, al pâté d'olive, alla crema di funghi, financo al pesto. Nei pochi interstizi, svettavano grosse coppe piene di patatine, olive, noccioline, fiori di cappero e ancora patatine, però alla paprika. Una selva di mani si incrociava per raggiungere, e afferrare, ora un crostino, ora un pugnetto di arachidi, mentre il volume del chiacchiericcio si faceva a poco a poco sempre più assordante. Nel frattempo ci eravamo alzate a salutare e a baciare almeno dieci persone: il bello delle piccole città come Ovada è che ci si conosce un po' tutti.

– Stasera vengono anche Cinzia e Angelo.

– Ma va'? È una vita che non li vedo. Almeno dalle vacanze di Natale.

– È per via del concorso in Comune: Angelo si è letteralmente barricato in casa a studiare. Vuole mollare lo Studio MaFra. Pare che l'architetto Malvezzi sia un mix fra un rompiballe di prima categoria e un sadico sanguinario. Ad ogni modo ha passato lo scritto. Quindi stasera baldoria!

Il compagno di Luca, jeans e camicia nera, e come al solito cooptato a dare una mano in ragione dell'elevata affluenza del fine settimana, era sfrecciato rapido con un grosso vassoio di bicchieri colmi di bevande dalle tinte inverosimili. Veramente fa l'architetto, lui, ma non gli dispiace neppure brigare con mixer e shaker. E i cocktail gli vengono che è una meraviglia.

– Sai che baldoria! Cinemino e pizza... Mah!

– Dài! Così abbiamo modo di proseguire le nostre indagini: Lorenzo era culo e camicia con Massimo. Ai Bruzzo ha sempre girato per casa. Magari Cinzia sa qualcosa di più sull'affaire dei fucili.

– Come sarebbe a dire «le nostre indagini»?

– Non mi dire che sei gelosa! Va' là che non te lo rubo il tuo questurino!

– Ma che gelosa e gelosa! Soltanto che forse sarebbe meglio piantarla lì! Cioè, mi sa che è tutta una mia fantasia. Prini – il questurino, come lo chiami tu – sostiene che dietro a quel pasticcio c'è solo una banalissima vicenda di commercio illecito. Evasione fiscale. Al massimo di ricettazione, toh! Il tutto affogato nei capricci di un riccastro.

– Cioè?

– Allora, ovviamente la storia dei fucili in Questura la sapevano già. Proprio una bella figura ci sono andata a fare! La Sherlock Holmes dell'Alto Monferrato alla scoperta dell'acqua calda! E ovviamente sapevano anche che lo Scianca non c'entrava niente, e c'era di mezzo ben altro.

– E precisamente?

– All'avvocato piacciono le armi. Ma non solo quelle, per così dire, normali. Soprattutto quelle d'antiquariato. Che colleziona con passione maniacale. Nella fattispecie, pare che quella volta si trattasse di un fucile che era appartenuto a Vittorio Emanuele II, anzi, del suo fucile prediletto.

– Quindi, se ho capito bene, Bruzzo trova il modo di acquistare l'ambìto schioppo...

– … forse rubato o, più semplicemente, non "denunciato" dal venditore, il precedente proprietario…

– … perché altrimenti sarebbe stato sequestrato o comunque finito sotto la tutela della Sovrintendenza per i beni storici, artistici, eccetera, che è sempre meglio che nelle tue cose non ci ficchi il naso.

– Intanto eviti di pagare le tasse per la compravendita. E lì devono essere girati un bel po' di soldi…

– E poi, se lo "denunci" va in giro la voce che ce l'hai tu, e magari te lo vengono a rubare, oppure a chiedere per una mostra…

– E nel caso che te lo volessi vendere, la trafila ricomincerebbe da capo.

– Per me era rubato.

– Anche per me, ma penso sia perché a noi i fasci della risma di Bruzzo ci stanno sulle balle.

Avevamo finito col cambiare programma: il film era già stato una pizza di suo che mettercene un'altra sullo stomaco ci sembrava veramente troppo. Così si era optato per il cinese. Avevano aperto da poco, lì a Ovada. Il locale era modello standard: pannelli luminosi con cascate in movimento, draghi verde smeraldo con le fauci spalancate un po' ovunque, tondi labirintici oro su nero, le immancabili lanternine di carta rossa. Ed era semivuoto: solo una coppietta, poco più che due ragazzini, che tubavano nel tavolo d'angolo, e cinque signore griffate che erano arrivate giusto alla classica *flutta flitta*. Eppure non erano nemmeno le dieci. Ci eravamo sistemati al tavolo rotondo, con centro rialzato girevole. Quella era una delle poche cose su cui Cinzia non scendeva a compromessi: o il tavolo rotondo o niente, era disposta anche ad aspettare il turno successivo, altrimenti era come non andarci, al ristorante cinese!

– Com'è che c'è così poca gente? Non è che si mangerà da schifo?

– Fìdati, ci siamo già venuti un paio di volte. L'anatra "laccata" è veramente da ululato. E fanno degli spaghetti di soia con le verdure… *gnam*!

– Non è un problema di qualità, Nadia, è un problema di tipologia: qui, se non si mangiano gli agnolotti, non ha senso andare fuori a cena.

Benché a malincuore, avevamo disfatto gli origami in forma di ninfea confezionati con i tovaglioli rosa. Una bella ragazza con la classica camicetta in seta ornata di alamari aveva distribuito, sorridente sotto i codini di un nero corvino, le bacchette a ciascuno di noi. Poi, sempre sorridente, era corsa a prendere i menù.

– Ma se li mangiano in continuazione, gli agnolotti: a Natale agnolotti, a Pasqua agnolotti, la domenica agnolotti. Sempre e solo agnolotti.

– Sarà per non perdere l'abitudine. O l'allenamento. Il guaio che sono così anche i giovani: quando lo scorso anno ho portato i ragazzi in gita in Provenza lasciavano tutto nel piatto. E la cantilena era sempre quella: che buoni gli agnolotti della nonna. Della mamma. Della zia. Di chiunque basta che fossero agnolotti!

– Certo che se perfino il sabato sera è così, durano poco, questi.

Nel frattempo ci avevano raggiunti Marisa e Nicola, che avevano dato la pappa a Michelino prima di portarlo a dormire dai nonni. Che intanto stavano al piano di sotto. Indubbiamente una bella comodità. Dopo mille indecisioni avevamo finalmente ordinato: manco a farlo apposta tutti piatti differenti. Il centrotavola girevole si era riempito in un battibaleno di scodelle e pirofiline colme di ogni ben di Dio.

– Però a me, dal cinese, devo dire che mi manca il pane.

– Ma Nicola, c'è il riso! Praticamente è la stessa cosa!

– Certo che se lo prende saltato in padella gamberoni-e-bambù spyced and hot, la stessa cosa proprio proprio non lo è…

– Bianco andrebbe preso il riso, bianco: loro lo mangiano così.

– E sì che vengo al cinese per mangiare il riso lesso... Ma dico, lo hai assaggiato questo? È fantastico!

Ci voleva ben altro per far sì che Cinzia mollasse la presa:

– Peccato che abbia una funzione abrasiva sulle papille gustative. Te lo lì perché disegnano sempre i draghi: al secondo boccone aliti fiamme!

E Marisa ci aveva messo su il carico da novanta:

– Poi, Nicola, non lamentarti: invece del tè al gelsomino ti abbiamo perfino ordinato il dolcetto!

– E ci mancherebbe altro! Mi sembra però che non ne senti tanto la mancanza nemmeno tu, del tè al gelsomino...

Era stata Carla a porre fine alla diatriba:

– Prima, con Nadia si parlava dell'avvocato Bruzzo e della sua mania per le armi...

Con i bastoncini avevo arpionato un gamberetto dal piatto di Angelo, seduto a fianco a me. Lui aveva fatto altrettanto con un bocconcino di maiale di pertinenza di Cinzia. Che gli aveva ringhiato.

– Altro che mania, è un vero e proprio collezionista: mio cognato raccontava che ne aveva di ipertecnologiche. Tipo col puntatore elettronico, computerizzato. O col mirino a raggi infrarossi.

– Veramente ci hanno detto che collezionava armi antiche...

– Non saprei, Lorenzo parlava di fucili e pistole ad alta precisione. Magari, ecco, armi non del tutto "legali"...

– Tipo?

– Mitragliatrici, fucili d'assalto semiautomatici, pistole parabellum, bazooka...

– Bazooka?

– Magari proprio il bazooka no... Comunque, mica le usava. Era solo per il gusto di averle. Una mania, appunto. Almeno credo.

– Ma tuo cognato, Lorenzo, le ha viste?

– Certo! Non ne faceva mica un mistero! Anzi, non vedeva l'ora di mostrarle ai suoi ospiti... e spiegare come funzionavano, magari smontarle. Ci si appassionava.

La cinesina aveva portato altre due bottiglie di vino. Con le nuvole di drago che aveva dimenticato servendo gli antipasti.

– Adesso non li frequenta più, vero?

– Saranno dieci anni. Anzi sono dieci anni. Da quando si è sposato con mia sorella.

– Eppure erano così amici, lui e il figlio dell'avvocato.

– Sì, Lorenzo e Massimo erano inseparabili.

– Amici d'infanzia?

– Sì e no. Da piccoli giocavano insieme, certo: all'epoca la famiglia di Lorenzo aveva una casetta a due passi dalla Gaggina. Ma i ragazzi venivano su solo luglio e agosto, durante le vacanze. È all'università che son diventati inseparabili. E Medicina è lunga, poi c'è la specializzazione... Anni e anni passati gomito a gomito.

– E poi, puf!

Era arrivata anche la nostra, di *flutta flitta.*

– Mia sorella non lo sopportava.

– Come mai?

– Eh, come mai! Un po' perché era gelosa. Di un rapporto d'amicizia così forte, intendo. Loro bastava che si scambiassero un'occhiata, una mezza parola, e si capivano subito. Conoscevano la stessa gente, frequentavano le stesse persone... Si sentiva esclusa, ecco.

– Poi era anche per via di frequentazioni... poco piacevoli. Almeno per una fidanzata.

– Donnine...

– Sei proprio una linguaccia, Angelo! Manco fossi una femmina... Sì, donnine. Dev'essere una sorta di vizio di famiglia, tipo una malattia... E Marina non avrebbe mai voluto che diventasse contagiosa.

– E bravo Massimo! Un tipino così fine ed elegante. Un dottorino così serio e riservato. Poi sotto sotto...

– Magari erano solo peccati di gioventù... Ma quando andavano in giro per locali, il venerdì sera, non andavano certo alla Madeleine, o al Moretti. Si passavano tutti i night della riviera. In Porsche, se li giravano. E con le palanche dell'avvocato, figurati se non trovavano anche compagnia... Marina si era proprio rotta!

– Be', alla fine l'ha avuta vinta lei!

– Soltanto perché sono arrivati i rinforzi. Ancor meglio, le truppe d'assalto corrazzate: mammetta!

Avevo perso il filo:

– La tua?

– No no, la sua. Di Lorenzo.

– E com'è andata?

– È stato al matrimonio di mia sorella. E già, non lo puoi sapere: tu venivi su solamente d'agosto. Ci frequentavamo anche meno, forse. Ma Carla c'era, oh se c'era!

– È successo qualcosa di grave?

– Figurati, a pensarci adesso, una cazzata. Ma allora... una specie di affare di stato. Devi sapere che Massimo faceva da testimone a Lorenzo. D'altro canto, anche se mia sorella non lo poteva soffrire, era il suo migliore amico. Tu lo conosci, no?

– L'ho visto qualche volta, in giro.

– Un figurino. Sempre elegantissimo. Armani dalla testa ai piedi... Vabbe', la mattina del matrimonio si presenta a prendere lo sposo vestito con un completo casual calzoni e giubbotto blu con rifiniture verdi. E la camicia in tono: verde. Senza cravatta. Quando lo vede, la mamma di Lorenzo pensa che, visto che faceva un caldo porco e lui veniva da Santa Margherita, non si fosse messo il vestito per non sgualcirlo. Insomma, che se lo fosse portato dietro e si dovesse ancora cambiare. Ma il tempo passava e lui niente! Stava lì a sorseggiare vino bianco e a mangiare pasticcini come se nulla fosse. In pratica, era quello il vestito del matrimonio. Appena lo capisce prende da parte il figlio e gli chiede se Massimo si era ammattito. Ma veramente. Nel senso che per la signora Rosa non poteva esserci nessun'altra spiegazione. A meno che non ce l'avesse su con lei. Che glielo avesse fatto apposta. Quando arriviamo davanti alla chiesa, ti vediamo la Rosa pronta per portare il figlio all'altare con il tailleur su misura di seta damascata giallo paglierino pagata una fortuna da Isia, Lorenzo in abito scuro col suo bouquet di orchidee bianche in mano, e Massimo che sembrava vestito da ferroviere. Ah, la signora Rosa era viola, da tanto era infuriata! Poco distante, suo marito con l'aria costernata: avevano speso un mucchio di soldi per fare uno sposalizio fine, e quel macaco si mette una camicia verde. Col giubbotto. Nemmeno se fosse andato a giocare alle bocce.

– Chissà tua sorella!

– Mah, ti dirò, non ha mosso un pelo. Anzi, era quasi contenta: in quella maniera Massimo si era messo da parte da solo. Naturalmente dopo ha fatto il cazziatone al novello sposo: «Ma che roba!», «Ma come mai?», «È impazzito?». Più per la figura, perché doveva: più perché lui se lo aspettava, che per altro. Niente però al confronto della suocera: una furia omicida. Al figlio ha continuato a rinfacciarglielo per oltre un anno, metodicamente, ogni volta che andava a trovarla. Massimo le aveva rovinato la festa, era il caso di dire.

– E perché si era conciato a quel modo?

– Lo sai tu? Era un completo di Dolce & Gabbana. Però, a un matrimonio! Magari gli piaceva. O gli sembrava una cosa originale. Oppure non era tornato a casa a dormire e aveva ancora addosso la roba della sera prima. Avresti dovuto sentire la Rosa quando sfogliava l'album delle fotografie! Iniziava a uggiolare e non la smetteva più! Indubbiamente questo ha contribuito a raffreddare i rapporti. Anche Lorenzo, del resto, non riusciva a capacitarsene. Comunque non gli ha mai chiesto spiegazioni. Oggi si vedono poco o niente. Giusto una o due volte l'anno.

La grappa alla rosa aveva degnamente chiuso quella storia demenziale. Ce n'erano voluti due giri.

Dieci

– Potremmo chiedere a Ciffariello.

– Tu dici?

– E chi meglio di lui? Era il maresciallo, se la ricorderà bene la storia dei fucili! Poi non è che ci costi tanta fatica: basta fare un salto alla Bocciofila. Da quando è in pensione, tutte le domeniche le passa lì…

– Guardate qui che belle! – la signora Melia aveva posato sul tavolino un piatto traboccante di fragole – Adesso vi monto un po' di panna.

Avevo lasciato papà e mamma anche loro in giardino, intenti a piantare i bulbi di tulipano che avevano dormito per tutto l'inverno in cantina. Certo, il nostro, di giardino, non è così curato come quello di Carla. Ma c'è da dire che i miei hanno vissuto tutta la vita in città, e di piante sono poco pratici: non hanno la mano. Al massimo potano le rose, o sfrondano il melograno per evitare che entri dalla finestra del bagno. L'acquisto dei tulipani, l'anno precedente, era stato una mia idea, e in quanto tale tenacemente avversata da mamma. Che considerava quel mettere e togliere delle stupide "cipolle" un traffico inutile.

– Ma dove le ha trovate queste fragole splendide?

– Alla Coop.

– Certo, ma', che così tutta la poesia va a farsi benedire… Potevi ricamarci un po' su. Non so, del tipo: le ho comperate da un negozietto ad Acqui che tiene solo primizie. Vengono da una coltivazione biologica bla-bla-bla e bla-bla-bla…

– *Belinate*! Mica sono laureata come voi! Che a forza di studiare vi siete rimbambite… Pensa che la tua amica, qui, ieri è arrivata a casa con un paio di scarpe leopardate. Alla sua età! Crede di essere ancora una ragazzina!

– Leopardate? Me le fai vedere? Saranno bellissime!

– Te la qui l'altra!

– Con quelle ci sta bene questo, altro che panna! – il signor Pino aveva fatto la sua entrata in giardino con una bottiglia di freisa in mano – Vai a prendere le coppette, donna!

Con la mamma e il papà di Carla lì, non mi andava di andare a tirar fuori la questione delle armi. Non avevo idea di cosa e quanto ne sapessero in paese. E se se ne erano già dimenticati, tanto meglio. Sicuramente la pensava così anche Carla, visto che aveva lasciato cadere il discorso. Non del tutto, però. Quando la signora Melia era tornata con le coppette, infatti, aveva subito "virato" sul versante pettegolezzo.

– Senti, mamma, secondo te anche Massimo ha ereditato il vizietto dei Bruzzo?

– Quello di mettere le corna alla moglie? E come fa se non è sposato? Bel problema neh?

– Non proprio, pa'… intendevo correr dietro alle femmine in generale. E in modo cumulativo.

– Prima di toccare i vertici del padre… ce ne vuole!

La Melia, intanto, affettava le fragole nelle coppette di porcellana bianca che mano a mano si tingeva del rosso intenso del loro sugo. Quando ci aveva versato sopra la freisa si erano riempite di una densa schiuma di bollicine violette, che spandevano attorno un profumo fruttato e frizzante. Avevamo tutti cominciato a sorbire beati quel nettare delizioso con i cucchiaini d'argento che noi Morbelli le avevamo regalato per il venticinquesimo di matrimonio.

– Per Massimo è diverso... cambia una fidanzata al mese, e tutto finisce lì. D'altra parte, è *fantino*... Quando uno è scapolo può fare un po' quel che gli pare, non credi?

– Il vecchio Bruzzo, invece... quasi un professionista!

– Tanto più che di mogli, lui, praticamente ne aveva due...

– Come due?

Carla mi era venuta in soccorso:

– La Nadia è genovese: questi *ceti* mica li sa!

– Ma se lo sanno persino le pietre! L'avvocato cornifica da sempre la moglie, oltre che con un sacco d'altre più o meno occasionali, con la Marilena, quella dell'Osteria del Moro.

– Sono insieme da anni. Più o meno da quando Massimo aveva iniziato ad andare all'università: lei, con grande scandalo generale, si era appena separata e aveva rilevato il Moro...

– L'avvocato ci andava a far bisboccia assieme ai cacciatori. Quelli non titolati, ovviamente. Gli altri li invitava in villa, con le cameriere con la crestina.

– A cui, altrettanto ovviamente, avrà toccato il culo!

– Carla! Non dire le parolacce, che sei una professoressa!

– Quando facevano una battuta al cinghiale portavano alla Marilena quello che avevano preso, e lei lo cucinava. Vacci una volta, vacci due, vacci tre...

– La Marilena allora era una gran bella donna!

– E un po' leggera...

– Quasi vent'anni di differenza...

– I soldi fanno la loro parte.

– Sua moglie, la signora Matilde, era verde! In cascina, cercava di venirci il meno possibile.

– Poi dal Moro giocavano anche a soldi... Spesso fino al mattino.

– Anche l'avvocato?

– Sì, ma non d'abitudine. Preferiva salire di sopra con la Marilena. Il più delle volte non tornava neanche a casa.

– Quasi una convivenza, insomma.

– E tutto alla luce del sole. Proprio uno spudorato!

– Ed era quello che dava fastidio in paese!

– Vale a dire?

– Il fatto che uno come l'avvocato – ricco, importante, affermato, e pure un bell'uomo – avesse una relazione stabile con una barista, e per giunta chiacchierata.

– Perfino lo Scianca...

– Lo Scianca cosa?

– Ti ricordi, pa', quella volta che siamo andati a prendere i lillà alla Gaggina?

– Saranno passati quasi quindici anni...

– Oh, ma io me lo ricordo bene! Vicino alla casa dei manenti c'è una siepe di lillà bellissima, così una domenica con papà eravamo andati a vedere se potevamo prenderne un po', almeno quelli che davano sulla strada. Sul vialetto c'era lo Scianca, perciò abbiamo chiesto a lui che, gentilissimo, ci ha aperto il cancello, è andato a prendere le cesoie e ha iniziato a tagliare i rami più folti. Poi ci ha fatto entrare in casa per il caffè. La Marinin ha tirato fuori dalla credenza dei canestrelli e ci siamo messi a chiacchierare. E dove ti va a cadere il discorso? Sull'avvocato e la Marilena. L'avessi sentito! Era scandalizzato del fatto che Bruzzo-padre si "sprecasse" con la Marilena. Nel senso che gli sembrava una cosa troppo seria, per una donna così. E per ribadire il concetto, cosa mi va a dire, lì, davanti alla moglie? Che con quella ci andava chi voleva... c'erano stati tutti, anche lui! E mica una volta sola!

– E la Marinin?

– Manco una piega ha fatto, manco una piega! Come se fosse normale. O non le interessasse...

– Donne d'altri tempi! E che bei tempi!

– Bravo papà! Però sta' attento che tua moglie ha per le mani la roncola!

La signora Melia, in effetti, terminate le fragole, si stava dedicando alla forsizia.

– Dài Carla, che si è fatto tardi! Se vogliamo passare dalla Bocciofila, sarà meglio muoverci, che stasera vorrei tornare a Genova prima di cena…

Eravamo andate a piedi, costeggiando il ciglio della provinciale incassata fra le vigne, superate di tanto in tanto da qualche ciclista che affrontava la pigra salita con lente pedalate. Ciuffi di fiorellini gialli invadevano i fossi asciutti per l'arsura. Di macchine, in giro, neanche l'ombra. Dopo una ventina di minuti avevamo scorto il piccolo edificio del Circolo Bocciofilo su una collinetta solitaria, sotto un paio di querce secolari. In realtà dietro c'erano le case della piccola frazione di San Lorenzo, ma da quel punto della strada sembrava davvero isolato nel verde: prodigi della prospettiva! I campi da bocce erano ormai deserti, ma sul grande spiazzo inghiaiato davanti al baretto c'era un sacco di gente. Famigliole con bimbetti, perlopiù, sparpagliati fra le panchine in ghisa verde e i tavolini rotondi a tre gambe, in formica rossa.

C'erano anche Marina e Lorenzo, che tenevano d'occhio Davide mentre scorrazzava attorno su una bicicletta rossa nuova fiammante. Entrambi in jeans e felpa blu, sembravano due ragazzini…

L'avevo baciata ammiccando verso la piccola peste:

– Caspita, che scavezzacollo!

– Non ti si vede da una vita! Che fine avevi fatto?

– Sono stata un po' in giro. Per lavoro, in vacanza, di nuovo per lavoro. In questo momento c'è un mucchio da fare. Grazie a Dio! Va come un pazzo! Non avete paura che prenda una *straccionata* in terra?

– Mah, sai, i bambini son fatti di gomma, e Marina è una mamma alla tedesca. Tanto qui, più che qualche sbucciatura…

– Gli abbiamo tolto le rotelline solo ieri!

– Mi ha detto Cinzia che siete stati dal cinese…

– Girano le notizie, eh? Però voi, da quando vi siete riprodotti, non vi si vede nemmeno in cartolina!

– Non abbiamo mica la fortuna di Marisa e Nicola, che hanno mamma e suocera a uno sputo! Io posso contare solo su mia madre, che intanto sta a dieci chilometri… Uff! Prima o poi andrà a militare!

– Sussù, che il militare non si fa più! E poi, oggi, non si schiodano da casa fino ai trent'anni suonati! Già ti ci vedo, casalinga disperata sull'orlo di una crisi di nervi, intenta a stirare montagne di camicie e a rammendare i calzini del pargolo nel frattempo diventato ingegnere nucleare!

– Belle amiche che mi ritrovo!

Intanto Davide era franato sulla ghiaia, e aveva iniziato a urlare a squarciagola.

– Te l'avevo detto di stare attento! Così impari!

Marina, borbottando, era andata a pulire i graffi sotto l'acqua della fontanella. Con i bei riccioloni bruni chini sul figlioletto in lacrime continuava imperterrita nella sua reprimenda didattica.

– Sabato prossimo sei su?

– Mi sa tanto di sì…

– Perché avevamo intenzione di inaugurare la stagione del barbecue con una super-grigliata. Venite anche voi?

– Vorrai mica mangiare in giardino?

– Ma no! Si cena nella tavernetta! Alle braci ci stiamo io e Angelo: due professionisti!

– Per me va bene.

– Così finalmente Nadia potrà scoprire tutto quello che avrebbe voluto sapere sui Bruzzo e non ha mai osato chiedere!

– Dài, Carla!

– Mia cognata me l'aveva detto che vi siete messe a fare le investigatrici in gonnella… Ancora quella storia della Marinin?

– Non esageriamo! Vedi, è che hanno ammazzato a due metri da me una che, anche se poco, pensavo di conoscere. E invece… Sembrava una vita banale…

– Tutti abbiamo vite banali…

– Ma appena le guardi da vicino sono un forziere di storie. Una dentro l'altra. Come le scatole cinesi. E nell'ultima ci trovi la *flutta flitta*…

Le grida di Davide avevano richiesto anche l'attenzione del padre.

– Facciamo per le otto e mezza?

– Le otto e mezza!

Quando eravamo entrate nel bar il sole se ne stava andando. Gaetano Ciffariello era seduto a un tavolo d'angolo, vicino alla finestra inondata dagli ultimi bagliori aranciati del tramonto. L'attenzione di tutti era catalizzata dai risultati delle partite, dispensati con parsimonia dal televisore piazzato su una mensola a due metri d'altezza. Esclamazioni non propriamente fini commentavano l'andamento della giornata sportiva, fra una birretta e un bicchiere di bianco scadente. Il bancone, tappezzato di volantini che pubblicizzavano sagre di ogni tipo, da quella della fragola al polentone con lo stoccafisso, era ingombro di tazzine sporche. Sopra la macchina del caffè una teoria di cartoline sgualcite ricordava le vacanze degli avventori abituali: il Gargano, Sharm, Maiorca, e l'immancabile Riccione.

– Maresciallo…

– Che ci fanno due belle ragazze come voi in questo posto da vecchi? Mamma e papà come stanno?

– Non c'è male, grazie.

– Ve lo posso offrire un Crodino?

– Volentieri.

Così ci eravamo sedute. L'ex-maresciallo era un omino smilzo, con i baffi sale e pepe su un volto ben rasato adeguatamente asperso d'acqua di colonia. E un vistoso riporto a cercare maldestramente di mascherare una pelata quasi totale. Portava la giacca sopra un gilet di maglia bordeaux. Aveva anche la cravatta, bordeaux pure lei. Non l'avevo mai visto senza...

– Come si sta, da pensionati?

– Benissimo: il mio unico daffare è sfuggire alle tammuriate di mia moglie. Anzi, direttamente a mia moglie.

– Una specie di guardie e ladri, insomma. Solo che adesso si sono invertite le parti, eh, maresciallo?

– Generalessa, dovevano farla, generalessa! L'Arma avrebbe fatto un ottimo affare. Magari spedirla a Falluja... Il problema di Al Qaeda si sarebbe risolto in un attimo: tutti con le pattine per non sporcare la tenda, e filare!

– La prima grande migrazione araba in Antartide!

– Con una fornitura di magliette della salute da far invidia a Nobile. A patto di non sgualcirle troppo in valigia, però!

La barista, una ragazzotta paffutella con il piercing al naso e un paio di occhiali dalla vistosa montatura zebrata a incorniciarle il volto, ci aveva portato con aria stanca, e un po' scocciata, i tre bicchieri di analcolico, corredati di tre coppini in plastica colorata contenenti, rispettivamente, olive, patatine e biscottini salati. Per far posto ai tovagliolini di carta avevamo dovuto rinunciare al vasetto di fiori in plastica che adornava la tovaglia incerata giallo-limone. Come le tendine.

– Lo sai, Nadia, che il maresciallo è una sorta d'archivio vivente della storia locale?

– Non esagerare, Carla: mi limito agli ultimi trent'anni.

– Però è stato fortunato, in fondo questo è un posto tranquillo.

Sbocconcellavo biscottini senza decidermi a ingollare il Crodino. Carla l'aveva trangugiato d'un fiato. Forse per toglierselo di lì.

– Be', qualche morto ammazzato lo abbiamo avuto anche qui...

– Pochi, Carla, pochi. Per fortuna pochi. Gli unici grossi problemi li abbiamo avuti negli anni settanta, per via della droga. Poi la situazione si è tranquillizzata: le solite risse, purtroppo i furti nelle case, gli incidenti stradali. Qualcuno un po' troppo bevuto durante le sagre. Nella mia carriera ho visto solo un caso di omicidio.

– Ci racconta?

Carla quella storia doveva avergliela già sentita ripetere almeno cento volte, e anche a me l'avevano riferita, di seconda o terza mano, quasi altrettante. Però a Ciffariello piaceva rievocare quell'unico caso sanguinolento che gli era capitato di trattare in tanti anni di carriera. Ed era un buon modo per deviare il discorso dalle vessazioni della moglie alla sua attività investigativa.

– Ero appena arrivato da Napoli, fresco fresco di nomina. Una sera – ero a casa che stavo cenando... mi sembra ieri, mi sembra – chiama l'appuntato Buscemi tutto agitato e mi dice di precipitarmi in paese, che avevano ammazzato uno. Arrivato sul posto vedo la camionetta posteggiata davanti a un palazzotto in mezzo a un capannello di gente. Da una finestra al secondo piano Buscemi, bianco come un cadavere, mi faceva segno di andar su. Fatte le scale, ed entrato in un appartamentino misero e buio, ti vedo un omone corpulento riverso a terra in un lago di sangue con ancora un coltellaccio da cucina piantato nello stomaco. Come nei film. Non sembrava neanche vero. Sembrava uno scherzo, una messinscena...

– E invece?

– Invece era tutto vero. Verissimo. Lo aveva accoltellato la moglie, dopo essere stata malmenata per l'ennesima volta... Una volta di troppo. L'avreste dovuta vedere: un donnino mingherlino che sarà stato la metà di lui.

– Forza della disperazione…

– E cosa avete fatto?

– Quel che si doveva: chiamato il medico per certificare la morte e portata lei al Comando. Rea confessa. Tutte le attenuanti del caso. Avrà fatto sì e no cinque anni di galera.

– Che storia!

– Eh già!

Era giunto il momento di arrivare al sodo:

– Lo sa che hanno ammazzato la Marinin?

– Siamo andati al funerale. Pare che sia stato qualche balordo… Di questi tempi ne girano tanti!

Aveva finito di sorseggiare il suo Crodino, e ora si gingillava col bicchiere.

– Lei aveva arrestato il marito della Marinin, no? Lo Scianca…

– Domenico Merlo. Sì, quella era stata una vicenda ingarbugliata.

– Perché?

– Perché lui, in fondo, c'entrava poco. Forse niente. Comunque è andata com'è andata.

– E come?

– C'era stata una soffiata. Traffico d'armi. Avevo mandato due agenti ad appostarsi di fronte a un locale di malaffare dove doveva avvenire lo scambio. Dal cortile esce un Fiorino bianco. I miei lo seguono fino alla villa dei Bruzzo. I ragazzi capiscono che c'era qualcosa che non andava. Che probabilmente c'era stato un errore. Allora mi chiamano. Quando arrivo suono al citofono del cancello, ci fanno entrare. L'avvocato in persona ci fa strada fino alla rimessa e apre il furgone. Dentro, avvolti in una coperta rappezzata, c'erano una dozzina di fucili e qualche pistola. Residuati bellici. Più qualche doppietta. Ferraglia.

– Allora la soffiata era una bufala?

– Succede…

– Che interesse poteva avere lo Scianca a trasportare quella roba?

– Domenico Merlo, con tutta probabilità, stava facendo un servigio al padrone… anche noi, ovviamente, ci siamo insospettiti di una circostanza così strana. E abbiamo fatto qualche indagine. A quanto pare l'informatore si era sbagliato, ma solo a metà: il traffico illecito sicuramente c'era, ma nulla a che vedere con le armi da guerra. Pare dovesse trattarsi di un fucile da caccia appartenuto a Vittorio Emanuele II. Un oggetto d'antiquariato che il Merlo aveva ricettato per venderlo poi all'avvocato. O che era andato a ritirare per conto dell'avvocato medesimo.

– Be', c'è una bella differenza…

– Ormai non più. Anche se il committente fosse stato Bruzzo, il reato sarebbe già caduto in prescrizione. Poi, figuratevi se un avvocato non si sarebbe appellato all'"incauto acquisto"…

– Come siete venuti a sapere di questo famoso fucile?

– Appena abbiamo aperto il portellone posteriore del furgone e abbiamo visto quel fagotto di ferrivecchi abbiamo subito capito che qualcosa non aveva funzionato nel nostro canale di informazioni. Nei giorni successivi abbiamo approfondito la questione, più per mia personale curiosità che per altro. Intanto Merlo si era preso la colpa. E di un reato quasi risibile. Non valeva la pena accanirsi…

– E cosa ha scoperto, maresciallo?

– La solita storiucola da Italietta fascista.

Si era alzato per ordinare un bianc'amaro, e anche noi ci eravamo unite a questo secondo giro. Per fortuna un po' più alcolico del precedente. La barista ci aveva portato altre ciotole con patatine e pop-corn. A me stava venendo tardi. Spaventosamente tardi. Ma il discorso si faceva interessante, e la cadenza partenopea di Ciffariello, unita alla sua flemma signorile, valeva davvero la pena di un rientro fuori tempo massimo.

– Dovete sapere, – intanto aveva preso a giocherellare con una Muratti, di certo irritato per quel divieto che veniva a sottrargli il piacere della sigaretta "da conversazione" – dovete sapere che i Savoia hanno da sempre avuto la passione della caccia – effettivamente la stava prendendo un po' da lontano... – e Vittorio Emanuele II in maniera particolare. Prima si trattava perlopiù di cacce a cavallo, lanciando le mute di cani all'inseguimento di cinghiali e cervi, ma Vittorio Emanuele preferiva decisamente la caccia col fucile, quella di montagna. Anche perché in pianura la grossa selvaggina cominciava a scarseggiare. Ma penso che al re piacesse proprio quel tipo di vita, quel tipo di rapporto con la natura. Perché la caccia allo stambecco prevedeva lunghi, stremanti, spesso infruttuosi avvicinamenti alla preda, seguiti da appostamenti altrettanto lunghi e incerti. Il Parco del Gran Paradiso è letteralmente disseminato di casotti da caccia costruiti o ristrutturati per le cacce reali.

– Intanto, male che andasse, poteva sempre consolarsi con le valligiane...

– Sì, ma il fucile?

L'ipotesi di rincasare per l'ora di cena stava lentamente ma inesorabilmente tramontando. Al ritmo pacato della storia di Ciffariello.

– Il fucile, a quanto pareva, era un Carl Stiegele con canne sostituibili, fabbricato in Germania, a Monaco di Baviera. Vittorio Emanuele ne possedeva due. Uno è esposto all'Armeria reale di Torino. Dell'altro si è persa ogni traccia dal 1943, ma è una storia lunga...

– Abbiamo tempo. Magari anche per un altro bianc'amaro.

– Dovete sapere che, tra la fine del 1943 e l'inizio del 1944, i tedeschi, ritirandosi dall'Italia meridionale, avevano messo le mani sul tesoro reale: 363 casse in cui c'era un po' di tutto, gioielli, opere d'arte, documenti, semplici ricordi di famiglia, un'importante collezione di monete. Se l'erano portate in Alta Italia, sistemandole nella Villa di Pollenzo appena requisita, dove, a quanto pare, si erano serviti a piacimento. Insomma, quando il Comando tedesco le aveva dovute consegnare al Prefetto di Cuneo, parte del loro contenuto era già andato disperso. A questo punto, circa la metà delle casse, quelle che racchiudevano i beni più preziosi, furono trasportate a Monza e affidate a un tale Steiner, nominato commissario di quei beni dal Governo di Salò. Steiner era piacentino, grande invalido di guerra, e fascista della prima ora: durante il Ventennio aveva fatto parte del direttorio del partito ed era stato perfino deputato. Ignorando le rimostranze del sovrintendente delle Gallerie di Milano, aveva minuziosamente messo in atto quanto il sottosegretario alla Presidenza del Consiglio della Repubblica Sociale lo aveva incaricato di fare. Cioè fondere in lingotti l'argenteria e l'oreficeria d'uso comune, inventariare gli oggetti di qualche pregio artistico e provvedere a donarli ai musei che si fossero dichiarati interessati ad acquisirli, infine vendere il resto a privati. Così cominciarono ad accorrere a Monza acquirenti di ogni tipo, dagli antiquari ai collezionisti ai semplici amanti di utensili antichi o bizzarri, rigattieri, galleristi, commercianti d'armi antiche. Molti acquistavano per conto d'altri che preferivano restare anonimi. Forse personaggi vicini ai Savoia che intendevano restituir loro, al momento dell'auspicato ritorno, almeno alcune delle suppellettili di famiglia finite all'incanto. A guerra finita, la polizia riuscì a recuperare, pensate, almeno 150 quintali di beni, grossomodo il settanta per cento del totale. Del resto si è persa ogni traccia. E in quel "resto", che ammonta, badate bene, a quasi 70 quintali, è compreso, assieme a una preziosa collezione di monete d'oro e un baule di importanti documenti della dinastia sabauda, anche il nostro

Stiegele che forse, dico forse, dopo chissà quante compravendite clandestine, oggi se ne sta nella fuciliera di casa Bruzzo, proprio qui a due passi da noi.

Sul tavolo si erano moltiplicati bicchieri e ciotoline. Erano quasi le otto ed eravamo rimasti praticamente solo noi: le famigliole, dopo aver consumato gelati, bibite e patatine, se ne erano già tornate a casa. I ragazzi, buttato giù l'ultimo Negroni, avevano preso la strada della pizzeria. E gli anziani, per il caffè e la partita a carte, dovevano ancora arrivare. Ci mancava poco, però, visto che in questa zona l'ora della cena scocca fra le sette e le sette e mezza. Per tutti tranne Ciffariello che, evidentemente, aveva conservato le buone consuetudini napoletane.

– Ora, ragazze, devo proprio andare, che Vittoria avrà quasi pronto in tavola. Spero di non avervi annoiato!

«Anzi, maresciallo, anzi!»

Fuori la sera era limpida e fresca. Verso l'Appennino, nuvole di panna montata incappucciavano le cime tondeggianti riverberando dalle loro vertiginose altezze gli ultimi raggi del sole già sceso sotto l'orizzonte. Il cielo era ancora luminosissimo mentre da oriente, violacea, saliva la notte.

– Che si fa?

– Solita pizza?

– Ecco, hai detto bene, proprio la solita pizza!

– E se andassimo all'Osteria del Moro?

– Tanto per restare in tema, dici?

– Io tra l'altro non ci sono mai stata.

– Certo che se tira un po' di vento, Ciffariello col suo riporto ci va a vela!

Undici

Avevamo sgambettato leste fino a casa di Carla, dove avevamo preso la macchina. Poi eravamo passate dai miei a prendere la mia. Mia madre, che stava giusto buttando i ditalini rigati nel minestrone alla genovese, mi aveva fatto le consuete raccomandazioni, con tono rassegnato: «Non andare forte», «Stai attenta in autostrada», «Non tornare troppo tardi»... Papà, che come al solito era andato in solaio a fare non so cosa, era sceso a salutarmi ammiccando. Io avevo fatto su quel po' di roba da riportare a Genova respirando il profumo di pesto e verdure che mi riportava all'infanzia. Mamma, nell'arte del minestrone, è una maestra assoluta.

Il Moro si trova giù, vicino al fiume: una bella cascina per metà in pietra con un piccolo porticato a tre archi interamente coperti di un glicine dai grossi rami ritorti. Avevamo posteggiato le auto in cortile ed eravamo entrate, sperando di trovare posto, visto che il parcheggio era pressoché pieno. Ci eravamo accomodate a uno dei pochi tavoli liberi, accostato al muro.

– Però, con la nuova gestione la Bocciofila sembra migliorata.

Carla aveva scrollato la testa:

– Be', sai, son giovani... Comunque non tutti la pensano come te.

– E perché? Tutto è bello pulito, le tovaglie nuove, le tendine in pendant, a parte il colore discutibile. Ti danno perfino qualche stuzzichino con l'aperitivo... Che c'è che non va?

– Vedi, la gestione della Bocciofila ha un andamento ciclico, tipo i corsi e ricorsi storici di Vico.

La Marilena, elegantissima in una tunichetta lunga in jersey nero portata con disinvoltura su un paio di stivaletti alla texana e stretta in vita da un cinturone di Gucci, ci aveva appena versato una barbera fenomenale, accompagnata da un piattino di grissini avvolti nel lardo, tanto per aspettar la cena, e da un foglio di carta da pane plastificata con su scritto, a mano, il menù. Quello fisso, standard, perché i piatti del giorno erano segnati col gesso su una lavagnetta appesa in fondo alla sala, a fianco del grande camino, ora spento.

– Si alternano, a cadenza triennale, gestori giovani e gestori in là con gli anni. I primi, ovviamente, fanno contenti i giovani: vasta scelta di marche di birra, noccioline e snack alla moda, patatine e Fonzies con l'aperitivo, Gatorade, Redbull e robe simili. E i vecchi storcono il naso, anche perché loro la Redbull non sanno neanche cosa sia. Poi il bar è sempre pieno di ragazzi, spesso amici dei gestori, che fanno baccano quando c'è la televisione accesa e occupano per ore e ore il biliardo, per giunta giocando a boccette, che la stecca non la sanno nemmeno tenere in mano. Che dici, prendiamo lo stoccafisso?

– Sì, ma prima potremmo chiedere un antipastino, ti pare?

– Ci facciamo preparare un misto da lei, speriamo che abbia fatto i peperoni: sono la fine del mondo!

– E allora?

– Allora i vecchi ci vanno sempre meno, lamentandosi in paese di quella sciagurata gestione. I consumi calano, anche perché i ragazzi, in genere, ci sono solo il venerdì e il sabato sera. Così, allo scadere del contratto, che dura tre anni, i cosiddetti "soci mescitori" abbandonano e viene resa nota la disponibilità a rilevare l'incarico da qualcuno che, guarda caso, soddisfa il partito degli scontenti.

La Marilena intanto era tornata con taccuino e matita.

– Continuate con questa – indicando i bicchieri mezzi vuoti di barbera che avevamo davanti – o volete scegliere qualcos'altro dalla carta dei vini?

– Continuiamo con questa, continuiamo con questa. È fantastica!

– È quella di Menego… Ve ne porto un tre-quarti?

– Direi di sì. Senti, noi prenderemmo lo stoccafisso, ma prima ce l'avresti un po' d'antipasto?

– I peperoni però, ve lo dico, sono finiti! Oggi avevo una festa di leva e si sono fatti fuori tutto. E pensare che erano del '27! Mi sono rimaste delle barchette di sedano e la verza con uvetta e pinoli. E i miei sott'olio, di quelli posso portarvene quanti ne volete.

– Ci affidiamo al tuo buon cuore.

Nell'aria, l'ultimo sfavillio di un grosso topazio infilato all'anulare destro. A quello sinistro portava una fedina di diamanti, e di diamanti erano anche i piccoli orecchini che le brillavano ai lobi, fra le ciocche scomposte biondocenere. Era una bella donna, senza dubbio. E con modi fini, senza dare l'impressione di essere studiati. Naturali, insomma. Da vera signora. Non mi stupiva che avesse fatto breccia nel cuore dell'avvocato. E conservasse quel primato da tanto tempo.

– Eravamo rimaste ai vecchi che, con un colpo di mano, riprendono il controllo sul bar della Bocciofila.

– Presto detto: la nuova gestione smette di ordinare birre dai nomi bizzarri e patatine strane. In compenso riprende a fare le lotterie a Pasqua e a Natale. E la tombolata. Che se qualcuno fa solo un po' di casino gli dicono di tutto come a un cane. E le cene "in nero" il lunedì, giorno di chiusura del locale.

– Anche le cene?

– Sai, i guadagni sono risicati, non è che i vecchietti spendano e spandano, con quel che pigliano di pensione… Son capaci di starci tutto il giorno e prendere solo un caffè, al massimo una gazzosa. Ma qui mangiare è lo sport nazionale, quindi...

– Gli introiti del lunedì compensano il resto. Immagino che tutto ciò faccia sì che i giovani a poco a poco si disamorino e smettano di frequentare il bar.

– Esattamente, fino a quando un nuovo golpe rovescia la situazione. E tutto ricomincia da capo.

Marilena aveva portato gli antipasti, con una "giardiniera" fatta in casa, da leccarsi i baffi solo per l'armonia di colori delle varie verdure che la componevano: le gradazioni di verde dal fagiolino al sedano passando per il pisello, l'arancio della carota, i bianchi opachi e lucidi di cavoli e cipollotti. Il posto era proprio carino. Rustico ma non troppo, con delle vecchie foto alle pareti e una piattaia con su le stoviglie "della nonna". Le tovaglie erano di carta, di un bordeaux intenso che faceva un bel contrasto con i tovaglioli giallo oro. In una grande madia, col coperchio sollevato, c'era una serie di bottiglie d'olio e d'aceto di varia provenienza. Ovunque mazzi di ortensie secche che lasciavano ancora indovinare gli azzurri e i violetti che le tingevano da fresche.

La sala era quasi piena. In maggioranza coppie o uomini soli che, magari in zona per lavoro, cenavano sleggiucchiando il giornale posato accanto al piatto. Su e giù dalla cucina sgambettava lesta una ragazza magretta e insipida anche lei in nero, con un grembiulino bianco in sangallo e i capelli raccolti in una coda boccolosa: un aiuto solerte, per la padrona, che a dispetto dei cinquanta suonati non vedeva insidiato in nulla il proprio fascino innato.

– Che bella donna, però!

– Sui gusti di Bruzzo-padre, niente da ridire. Sarà pure fascio, ma di donne se ne intende.

– Non so, dai discorsi che ho sentito la facevo più, come dire, *ordinaria*, più volgare.

– Mai stata volgare la Marilena. Ha lavorato per oltre quindici anni in una boutique di Alessandria: gusto e buone maniere vengono da là, dalla frequentazione delle signore bene alessandrine. Veste in maniera molto sofisticata. E, con l'amante che si ritrova, può permettersi il meglio.

– Ne fa lei da mangiare?

– Figurati! Dietro ai fornelli c'è la Elda, una delle migliori cuoche della Valle dell'Orba. Non penserai mica che i funghi sott'olio ce li metta la Marilena, vero?

– Del fucile del re che ne pensi?

– Che ora sarà diventato il fucile di Bruzzo, ben oliato e tirato a lucido in una bella vetrinetta in ciliegio pronto a fare la sua porca figura con gli amici ricchi del padrone.

– No, intendo: secondo te ha a che fare con l'omicidio della Marinin?

Aveva allargato le braccia, sconsolata:

– In tutta sincerità, credo proprio di no.

– Dici?

– Nadia, son passati dieci anni, dieci! E poi, va bene lo Scianca, ma la Marinin che vuoi che c'entrasse, col fucile. Il più delle volte manco lo sapeva quel che faceva suo marito.

– Intanto sono finiti male tutti e due. A distanza di sei mesi l'uno dall'altro.

– Lo Scianca è morto schiacciato dal suo trattore, e pare che avesse bevuto ben bene. Insomma ha fatto tutto da sé.

– Se l'hai detto tu che c'era nato sul trattore...

– Ma tu sei davvero convinta che ci sia un qualche legame fra l'avvocato, quello stramaledetto fucile e la Marinin? Vabbe' che è fascio, ma mandante di due omicidi, io Bruzzo-padre non ce lo vedo proprio!

Lo stoccafisso aveva un'aria invitante: cucinato alla ligure, accomodato "al verde", con pinoli e olive. Le porzioni erano gigantesche. Ne avevo inforchettato una scaglia bella soda che brandivo pensierosa davanti il mio naso.

– Forse hai ragione tu: lavoro troppo con la fantasia...

– Buono, eh? Ci sono pochi posti che possono competere con lo stoccafisso del Moro!

– Buono, buono, anche se io, lo stoccafisso, lo preferisco bollito e condito aglio-e-prezzemolo, con le patate. Magari una spruzzata di limone. Però, tutta 'sta faccenda non ti sembra strana?

– Ma come fai a pensare seriamente che ci sia una mente criminale dietro a due morti così insulse?

– Mica tanto insulse: ti giuro che a me, in quarant'anni, è la prima vicina che mi muore strangolata!

– Allora, su, estrinseca il Nadia-pensiero. Che se no non mi dormi, stanotte.

Avevo preso un sorso di vino, sbriciolando un grissino sulla tovaglia.

– Intanto il fucile. Lo Scianca va in galera al posto dell'avvocato...

– Ed è debitamente ripagato!

– Appunto: non ti sembra che il "disturbo", Bruzzo, l'abbia pagato un po' troppo caro?

– Be'... In effetti... una cascina è sempre una cascina, per quanto prezioso possa essere quel fucile... però lo Scianca è morto dieci anni dopo. Francamente non ci vedo nessun nesso.

– Magari lo ricattava...

– Chi? Lo Scianca? Lo Scianca che ricatta l'avvocato? Ma se non era quasi nemmeno buono a parlare senza balbettare. La voce grossa, sta' sicura, la sapeva fare solo con la moglie!

– Per via del fucile...

– A distanza di così tanto tempo mi sembra poco credibile. A parte che lo Scianca, in fondo, era una persona onesta: un conto è trasportare merce "sporca", o rubata, ben altra cosa è ricattare la gente. E poi che senso avrebbe? L'hai sentito anche tu Ciffariello: ormai è una roba caduta in prescrizione.

– A dire il vero hai ragione. Lasciamo perdere il fucile.

– Brava, lasciamolo perdere!

– Ma la Marinin, perché hanno ammazzato la Marinin?

– Di nuovo! Per rubare, no?

– Mah! Non hanno preso quasi niente. Non si sono nemmeno scomodati ad aprire i cassetti...

– Saranno stati disturbati...

– E da chi? Da me no di sicuro! Ed ero l'unica del palazzo a essere in casa. E poi, perché parliamo al plurale? Saranno stati disturbati, hanno ammazzato... Per me era solo.

– Così, per convenzione linguistica: i "ladri" intesi come categoria, il tutto per la parte, la solita sineddoche. Perché per te era solo?

– Perché in due avrebbero fatto più trambusto... No, perché mi sono messa in testa che la Marinin l'abbia fatta fuori un sicario, lo stesso che aveva già ucciso suo marito...

– Per via del fucile...

– Appunto! Per via del fucile!

– Per me ti sei ammattita! Ma ti piace tanto quel poliziotto?

– Che c'entra adesso Prini?

– Sai com'è, parlare del caso è un po' come parlare di lui...

– Ommioddio! Non scomodare Freud! A quest'ora no! Proprio non lo sopporto!

– Eccolo Bruzzo-padre!

– È quello che è appena entrato? E che ci fa qui?

– Come che ci fa qui? Praticamente è a casa sua... Ma non l'avevi mai visto?

– Sì, però tanto tempo fa. Com'è cambiato!

– Si invecchia tutti.

– Nel suo caso mi pare piuttosto male.

– Guarda che ha passato i settanta!

L'avvocato era un tipo tarchiato, con la pancetta e il collo taurino. Aveva folti capelli bianchi che incorniciavano una profonda stempiatura. Vestiva all'inglese, da signorotto di campagna: giacca in tweed e pantaloni di velluto a coste, beige come la camicia in flanellina. Al dito un grosso anello d'oro, di quelli che di solito hanno incise le iniziali, o il blasone. Nel mio ricordo assomigliava un po' a Jack Nicholson, ma il suo volto pingue pareva aver perso ogni memoria di quei lineamenti. Si era avvicinato al vecchio lavello di marmo che fungeva da bancone e aveva dato un bacio a fior di labbra alla Marilena, pronta a versargli un bicchierino di grappa scelta con sicurezza fra le molte allineate sulla credenza dietro le spalle.

– Proprio senza alcun ritegno!

– Te l'ho detto che la loro è una relazione more uxorio. Pare che sia nominata anche nell'eredità. E intanto ha comperato il Moro, e l'ha intestato a lei.

– La signora Matilde ha tutte le ragioni per essere verde di rabbia.

– Verde è dir poco. Ma che vuoi, donne all'antica. Quelle ingoiano tutto.

– Non le do torto se si fa vedere il meno possibile in zona.

– E pensa che la Gaggina, in realtà, è sua.

– Ma va'?

– Gliel'ha regalata suo padre quando ha avuto Gianfranco, il primogenito. Pensava che il bambino avesse bisogno d'aria buona, per crescere sano.

– Senza dubbio un gran bel regalo. Molto meglio della solita sterlina d'oro. Più originale...

– Sai, lei è mezza nobile: sua madre mi sembra che fosse marchesa. O contessa, non ricordo bene. Sono stati a lungo indecisi se comperarle il castello, che era in vendita anche quello. Ma poi hanno optato per la cascina. D'altra parte il papà aveva una grossa ditta di spedizioni: gente solida, concreta, la vecchia borghesia genovese!

– Comunque la Gaggina è quasi più bella del castello. A me fa venire in mente *La luna e i falò*.

– Dice mamma che, quando aveva i figli piccoli, la Matilde faceva feste splendide, d'estate, in giardino.

L'avvocato, intanto, accarezzava la mano della Marilena posata sul banco-lavandino.

– Carino, però, Bruzzo-padre. Dopo tanti anni fa ancora il galante. Mi è perfino un po' meno antipatico…

– Non ti fidare: è un'altra manifestazione di potere. Una dichiarazione pubblica che lui può fare quello che gli pare, moglie o non moglie, senza doversi nascondere. Come invece fanno tutti gli altri comuni mortali.

– Diciamo che a te l'avvocato sta sul culo. Tutto lì. Ora però sarebbe il caso di ordinare il caffè, se no a casa non ci arrivo più. E domani inizia una settimanina, in casa editrice, che te la raccomando.

– Lascia perdere: io ho i compiti di latino in tutte e tre le classi. Ottantacinque pagine di scempiaggini da correggere. Formato protocollo. Che quelli di quinta mica se ne rendono conto che hanno la maturità dietro l'angolo.

– Io mi devo sciroppare un manuale. Di linguistica. Li odio, i manuali. Il solo pensiero di fare l'indice dei nomi mi fa venire i vermi!

L'avvocato aveva finito il secondo bicchierino, si era messo un mezzo toscano in bocca e si era infilato con passo sicuro nella porta che sicuramente portava al piano di sopra. La Marilena ci aveva portato il caffè in due chicchere senza manico. Aromatizzato alla violetta. E il conto.

– Mazza se è caro! Stai sicura che la Marilena sarebbe campata benissimo anche senza Bruzzo!

– Dài, per una volta… Andiamo, va'.

Fuori una leggera nebbiolina ricordava quanto calda era stata la giornata. Era tardi da morire. Come al solito, del resto.

Dodici

Come previsto, un lunedì infernale! Almeno fino a quando, nel primo dopopranzo, era squillato il telefono.

– Dottor Prini, a che devo tanto onore? Non mi dica che mi hanno ammazzato un'altra vicina e di nuovo non mi sono accorta di nulla!

– No, no, stia tranquilla. Era solo per far due chiacchiere. Avevo un po' di tempo libero e così ho pensato di darle un colpo di telefono. Ma se la disturbo…

– Ci mancherebbe, anzi!

– In realtà temevo che ci fosse rimasta male, la scorsa settimana. Ci tenevo a farle sapere che non avevo nessuna intenzione di prenderla in giro.

– Ma si figuri!

– È poi andata a vederlo *Sword in the moon*, nel fine settimana?

– No. Andrò mercoledì. Questo weekend l'ho dedicato interamente alle indagini.

– Alle indagini? Non continuerà mica a incaponirsi su quella storia…

– Continuo, continuo… ora so tutto sul Carl Stiegele di Vittorio Emanuele II. Certo che l'Arma dà più soddisfazione di voi celerini!

– E dagli, coi celerini! Però stia attenta a non cacciarsi in qualche guaio. A rimestare nella melma talvolta si hanno brutte sorprese.

– E ho anche visto l'avvocato. Dalla sua amante…

– Guardi che se la denunciano per molestie io non posso farci niente. Donna avvisata...

– Non si preoccupi, sono molto circospetta. Al mio attivo ho una discreta quantità di film gialli.

– Non sarà mica che l'ha ammazzata lei la signora Mammoliti? D'altra parte era l'unica presente sulla scena del delitto.

– E con quale movente?

– Giocare a fare il detective. Ficcare il naso in fatti che non la riguardano. Perseguitare poveri carabinieri ignari. Tormentare un disgraziatissimo vicequestore che amerebbe parlare di cinema e letteratura e invece è costretto a pensare ancora e sempre al lavoro. Movimentarsi un po' la vita rischiando di essere denunciata da un vecchio "principe del foro" con un debole per le armi. Ne avrebbe un mucchio, di moventi. Anzi, quasi quasi la inserisco nel registro degli indagati così almeno la tengo sotto controllo. Che non combini qualche pasticcio.

– Tutta invidia, la sua! In realtà muore dalla voglia di sapere cosa ho scoperto.

– Ecco! Sono stato smascherato! Immagino che avrà anche individuato le microspie che Maresca le ha piazzato negli apparecchi telefonici al fine di intercettare le sue conversazioni su questo caso.

– Vorrà dire che andrò a spifferare tutto alla concorrenza. Il maresciallo di Carpeneto, tra l'altro, è anche un gran bell'uomo.

– Comunque non pensi di cogliermi impreparato. Dello Stiegele so tutto anch'io! Mi interroghi pure.

Poi il discorso era finito sui registi coreani, che piacevano a entrambi. Fino a quando Gian Paolo non si era messo a ululare dal suo ufficio. Il manuale di linguistica esigeva un debito di sangue. Il mio. Mi ero di nuovo messa di buzzo buono a riassettare maiuscoletti e corsivi nelle note a piè di pagina, pensando con orrore a quando avrei dovuto mettere mano alla monumentale bibliografia in fondo al volume. Marcello mi era passato davanti strascinando quei piedacci ficcati in enormi scarpe da ginnastica semislacciate, con un rotolo di nastro adesivo in una mano e le cuffiette dell'i-Pod nelle orecchie. Sulla maglietta un grosso *smile* giallo campeggiava sopra la scritta «*don't worry, battitene u belin!*». Quel giorno avevo deciso di dargli retta, per una volta! Così alle cinque e mezza avevo "staccato", con l'intento di andare a fare qualche compera. Piovigginava e, guarda caso, non avevo l'ombrello. Neppure quello piccolino da borsetta. Ma i vicoli genovesi, in questi casi, sono davvero provvidenziali. Rasentando i muri ero arrivata a Campetto, quindi ero scesa in San Luca per andare nella "mia" profumeria, dove mi conoscono da anni. Passando avevo gettato l'occhio su una giacchina nera niente male, con degli arabeschi di lana colorata sui revers di colletto e polsini, nonché sulle patte delle tasche e – come avrei scoperto entrando – sulla martingala. Costava una fucilata... Però, visto che avevo deciso di volermi bene, si poteva fare. Con la grossa busta in cartone satinato contenente il mio acquisto mi ero infilata da Nikla e avevo iniziato a frugare tra ombretti e rossetti, finendo con l'acquistarne un paio. E pure una crema per il corpo alla fresia, con tanto di pagliuzze dorate: «l'ideale per l'estate», mi aveva convinto la graziosa commessa. Alla fine, avevo speso un patrimonio. Sarebbe stato meglio che me ne fossi rimasta in ufficio.

Di ritorno a casa, dopo un breve ma defatigante viaggio su un autobus stipato come un carro-bestiame, avevo fatto un salto da Anna. Un po' per cortesia, un po', come avrebbe detto Prini, per ficcare il naso. Ed essere aggiornata sui fatti. Mai fidarsi dei celerini! Anche Giorgio era appena arrivato dallo studio. Anna era tranquilla e sorridente: mi aveva fatto accomodare in salotto e offerto un Martini, mentre Matteo si precipitava come un falco sulle patatine che il padre aveva appena rovesciato in un piattino.

Villeroy & Boch, naturalmente. I divani in pelle chiara, mastodontici, incorniciavano un grande tappeto in seta celeste e avorio («Me le sarò strofinate bene le scarpe sullo zerbino?» mi ero ritrovata a pensare), ai muri tinteggiati di bianco erano appese due stampe antiche, cornice di radica, che raffiguravano marine folte di barche di pescatori. In una, sullo sfondo, veleggiava tranquillo un brigantino sotto un cielo tormentato di nuvole.

– Due sole, di patatine, che altrimenti ti rovini la cena! È già tanto difficile, nel mangiare, che ci manca solo che arrivi a tavola senza appetito!

– Ti vedo serena. Sono contenta che ti faccia forza.

– Cerco di tirare avanti senza pensarci.

Il piccolo se ne era andato in camera facendo l'aeroplano.

– L'abbiamo portato da una psicologa: sai, l'ha vista lì in terra... non vorrei che restasse traumatizzato.

– Avete fatto bene! – mi ero affrettata ad assentire con condiscendenza, pur ritenendola un'emerita cazzata – La polizia vi ha detto qualcosa? A che punto sono le indagini?

– Niente di particolare. Per loro è stato un balordo. Un ladro. Probabilmente hanno ragione. In tutta sincerità, non penso che lo prenderanno. E intanto non cambierebbe niente: la mamma non c'è più e non possono riportarla in vita.

Le solite frasi di circostanza. Sembrava che non gliene importasse nulla. Come se fosse stata un'estranea. Un self-control davvero sorprendente. Quella rassegnazione, non so perché, mi infastidiva.

– Però mi hai detto che non ha preso quasi niente.

– Mah, sarà stato disturbato. O forse si è spaventato di quel che ha fatto. Magari un omicidio non l'aveva messo in conto.

– La cosa strana è che non abbia fatto nessun rumore.

– Sì, strano. Povera mamma...

Non c'era verso di scrollarla...

– E anche tu! Perdere padre e madre nel giro di pochi mesi... Non so come hai fatto a reggere.

– Lo faccio per loro, – e aveva alzato gli occhi posando lo sguardo prima su Giorgio, che con scarsa manualità tentava di riparare una macchinina in plastica dai colori vivaci, poi sulla porta che dava sulla cameretta del figlio – solo per loro. Comunque per mio papà era stato ancora peggio.

– Peggio?

– Sì, sai com'è, le chiacchiere di paese... Non posso certo dire di averci avuto quel gran rapporto, con mio padre. Ma di lì a restare indifferente a vederne infangata la memoria!

– Infangata?

Giorgio si era defilato alla chetichella, con la scusa di andare a sentire cosa aveva fatto all'asilo il bambino. Più probabilmente l'argomento non gli andava a genio: lui, un ragazzo così "bene", essersi accollato una famiglia tanto volgare... Andiamo, con tutti i modi che ci sono per morire nel proprio letto, manco a farlo apposta, entrambi i suoi suoceri erano finiti malamente! Due su due, accidempolina! Roba da non credere!

– Sai, Anna, io in paese ci bazzico poco, specie d'inverno. Perché dici infangata?

– Hai saputo com'è morto mio padre, no?

– Non si è capovolto col trattore? Un incidente sul lavoro, dunque...

– Un incidente sul lavoro. Non aveva montato il roll-bar... Schiacciamento della cassa toracica, fratture un po' dappertutto, – le dita tormentavano una ciocca dalla piega perfetta – anche se la morte probabilmente è stata provocata da un forte trauma cranico. Deve aver battuto violentemente la testa su un sasso. Alla camera mortuaria è stato uno strazio: il corpo era gonfio, la faccia tumefatta, la pelle bluastra. Un orrore.

Si era passata la mano sugli occhi, come a voler cancellare quell'immagine spaventosa. Io non osavo domandarle in che modo la memoria dello Scianca fosse stata "infangata", anche se la mia espressione doveva essere senz'altro eloquente della curiosità che aveva suscitato in me quel suo sfogo.

– Sono andati a dire in giro che era ubriaco.

– Chi?

– Un po' tutti. E nessuno di preciso. Insomma, era una voce che girava. E non mi pare una bella cosa con mio padre ancora da seppellire.

Non mi azzardavo a chiederle se era vero. Eppure era la domanda da fare. L'agente Maresca l'avrebbe fatta. Senza indugio.

– Naturalmente non lo era, – avevo detto con un filo di voce – no?

Subito aveva assunto una posizione più eretta. La destra ora sgranava lentamente le perle della collana che le illuminava la pelle pallidissima della casta scollatura di un pullover rosa.

– Figurati! Certo che no!

Il tono non lasciava il minimo spazio al dubbio.

– E allora... perché...

– Mah! I primi che si sono accorti dell'incidente, gli Scarsi, padre e figlio, hanno detto di aver sentito odore di grappa. Anzi, per essere più precisi, hanno detto che "puzzava" di grappa.

– Ah...

– Non è che mio padre fosse un santo, anzi! Quella poveretta di mia madre ne ha patite di cotte e di crude! Era uno che beveva parecchio, ma prima di ubriacarsi... ce ne voleva! Comunque mai durante il giorno! Solo la sera, e solo quando andava a mangiare con gli amici, quelli della leva, o con i compagni di caccia. Allora sì che gli poteva capitare di tornare a casa un po' brillo. E ogni volta mia madre gli gridava di tutto. Ma dài! A quell'ora, poi! Guarda: che mio padre fosse sbronzo di grappa alle tre del pomeriggio non ci crederei nemmeno se venisse a dirmelo il Papa in persona!

Ci mancava solo il Papa... Già me la vedevo, la Papa-mobile posteggiata davanti al portone, e il Santo Padre che bussa con fare ieratico alla porta dei Cigala per rivelare ad Anna la visione che aveva avuto sulla morte dello Scianca. La signora Martinoni sarebbe caduta in deliquio. Non so se il cuore le avrebbe retto. La lingua di sicuro!

– Alle tre? Pensavo fosse successo più tardi. Mi hanno detto che incidenti del genere capitano soprattutto quando c'è di mezzo la fretta. Di finire il campo, prima di sera.

Gaffe! Avevo appena sostenuto di non sapere nulla delle chiacchiere che si facevano in paese sulla morte di suo padre. Maledetta lingua!

– Alle tre. È successo alle tre. O giù di lì. Peraltro era una giornata ancora calda, per essere i primi di novembre. L'estate di san Martino. Ma lo hanno trovato più di due ore dopo. Per puro caso, poi. Il Poggetto è abbastanza isolato, e in quel periodo non c'è tanto da fare in vigna. Papà stava estirpando le viti vecchie per piantare le barbatelle. Tommaso era andato nel suo campo, sopra al nostro, a portare nel cascinotto i nuovi pali che, alla fine dell'inverno, avrebbero rimpiazzato quelli marci. Appena ha visto il trattore capovolto e ha capito che mio padre era morto, si è precipitato a chiamare il figlio e hanno dato l'allarme.

– Ma come è potuto accadere?

– Cose che capitano, in campagna. Il Poggetto è molto ripido. Per questo fa il vino buono. Aveva appena iniziato il lavoro, su in alto... E poi... va' a sapere... A volte l'esperienza serve a poco. Magari è stata proprio quella: la troppa confidenza. Oppure era destino...

Era ora di togliere il disturbo. Avevo posato il bicchiere e fatto cenno di alzarmi.

– Be', sono le otto passate... Dovrai far di cena...

– Non preoccuparti, la sera mangiamo sempre tardi: è una specie di miracolo che Giorgio oggi sia arrivato così presto. In genere rincasa alle otto e mezza passate. Hanno un sacco di lavoro. Meglio così...

Non era ben chiaro se fosse meglio che ci fosse molto lavoro oppure che rincasasse tardi. Ad ogni modo mi ero diretta verso la porta buttando un "buon appetito" nella supposta direzione di maritino e figlioletto. Anna, in un inatteso impeto di affettuosità, aveva fatto perfino l'atto di baciarmi, sulla porta. Solo l'atto, per carità! Disperdendo un impercettibile schiocco di labbra a dieci centimetri dalla mia guancia, mentre la mano destra mi sfiorava il braccio all'altezza della spalla. Ma era già qualcosa.

Tredici

Quel fine settimana non ne avevo proprio voglia di andare al paesello. Il tempo era splendido, la temperatura quasi estiva: avrei preferito di gran lunga accettare l'invito di Antonella, un'altra amica dei tempi dell'università, e andarla a trovare a Moneglia. Due giorni alla spiaggia sarebbero stati proprio quel che ci voleva, dopo un inverno così lungo e freddo. Ma c'era la braciolata da Marina, e poi già la sentivo mamma che al telefono tuonava: «Sei sempre in giro! Possibile che non sai quetare?». Tanto valeva approfittare del pomeriggio fiacco, sul lavoro, prendere due ore di permesso e andar su già il venerdì sera. Così facevo contenti i miei e il sabato mattina potevo spaparanzarmi in giardino a prendere il sole in santa pace! In fretta e furia avevo tirato dentro la biancheria stesa – a stirarla ci avrei pensato lunedì –, avevo infilato quattro cose nello zainetto e mi ero messa in macchina prima dell'imbrunire. Tre quarti d'ora dopo posteggiavo nel piccolo spiazzo in fondo al giardino. Si era accesa la luce della veranda, e mia madre aveva fatto capolino dalla porta, asciugandosi le mani con uno strofinaccio.

– Sei già qui? Ma a casa non hai niente da fare? Son sicura che non hai lavato neanche le tende per Pasqua!

Mai contenta la mamma. Se istituissero un campionato mondiale del mugugno lo vincerebbe senz'altro lei, non ci sarebbe storia. A papà era sfuggito un risolino. Avevo appoggiato lo zaino per terra, all'ingresso, ed ero entrata nel tepore della cucina, odorosa della legna che stava bruciando nella stufa. Il bollitore che ci stava sopra borbottava in una lingua tutta sua, incomprensibile a noi comuni mortali.

– Che calda accoglienza per la figlia che torna al focolare domestico dopo una settimana di duro lavoro!

– Guarda che stasera c'è il minestrone. Se davi una telefonata ti prendevo un po' di insalata...

– Non preoccuparti, l'insalata e i pomodori me li sono portati da Genova. Li ho in macchina...

– Tua figlia è peggio di una capra... Però un po' di carne potresti anche mangiarla ogni tanto! Va a finire che mi diventi tisica!

– Mamma, se mai divento anemica, non tisica!

– È la stessa cosa: anche i tisici son magri da fare *anguscia*...

– Cosa c'entra l'essere magri con il mangiare o meno la carne? Non lo sai che le modelle, per rimanere snelle, mangiano solo carne?

– Tu non fai mica la modella!

Iniziava a farmi imbestialire. Come sempre, del resto, quando si ostina imperterrita a seguire una logica tutta sua, assolutamente aliena dal principio di non contraddizione, oltre che dal buon senso comune.

– Certo che a te Aristotele ti fa una pippa, neh, ma'?

– Da dove sarà uscita questa qui? Non senti le scemenze che le escono di bocca? Dille un po' qualcosa tu, che sei suo padre!

Naturalmente papà, imperturbabile, continuava ad apparecchiare la tavola, mascherando l'ilarità col fingere di cercare qualcosa negli sportelli della credenza.

– Dove sono finiti i tovaglioli puliti?

– Ti sei *inscemelito* anche te come tua figlia? Già: *talis pater*... Ecco da chi ha preso: perché da me no di sicuro! Dove vuoi che siano? Nel solito cassetto, quello in mezzo...

– La mamma ha imparato il latino? L'hai mandata all'università della terza età?

– Finiscila un po' e vatti a lavare le mani, che è quasi pronto! Noi mangiamo giusti, mica a quegli orari strani come fai te…

Così dicendo mamma ribadiva che per lei mangiare "giusti" vuol dire alle otto. E che tutti gli altri orari possibili e immaginabili in cui si può cenare nel resto dell'orbe terraqueo sono conseguentemente "sbagliati", frutto di disorganizzazione, di sciatteria o, peggio, di un cosciente e pervicace attaccamento a quella che è un'evidente aberrazione. Quest'ultimo era, com'è ovvio, il mio caso.

A tavola il discorso era caduto, questa volta del tutto casualmente, ancora sulla Marinin. A dare il "la" era stata mia madre, mentre mescolava col cucchiaio la minestra nella fondina, per farla raffreddare più velocemente:

– Come sta la Anna? Ci passi ogni tanto, no?

– Sembrerebbe bene. O, almeno, così dà a vedere…

– Con un bambino piccolo si deve far coraggio. Mi è sempre piaciuta quella ragazza!

Avevo smesso per un attimo di affettare il pomodoro che avevo nel piatto, lasciandolo a mezzo: e ti pareva che una come la Anna non piacesse a mamma? Era esattamente il suo tipo di donna, anzi di figlia: elegante, a modo, con una vita ordinata. Sicuramente lei, se avesse potuto, avrebbe cenato alle otto, mica alle nove passate come me…

– È proprio un tipo signorile.

In quell'aggettivo, "signorile", mia madre intendeva sintetizzare una summa di qualità che io, per colpa solo mia, non possiedo: vestiti sobri, tono di voce pacato, male parole bandite, capelli sempre in piega, unghie curate, amicizie appropriate. Insomma, una sorta di condensato delle pubblicità del Mulino Bianco.

– D’altra parte, visto che lavora in un ambiente da ricchi, si deve tener bene per forza…

Di nuovo alle solite: stava per partire il consueto pistolotto contro il mio lavoro e, più genericamente, contro il mio stile di vita. I luminosi uffici della Bluemarine – dove, peraltro, Anna svolgeva banalissime mansioni impiegatizie – non erano minimamente comparabili con i locali angusti e polverosi dell’Althea, frequentati da personaggi strambi che misteriosamente si guadagnano da vivere facendo cose strambe come scrivere libri. Avevo ripreso a tagliare il pomodoro.

– … mica come te che non si sa nemmeno bene cosa fai, che se qualcuno me lo domanda non so mai cosa rispondergli. Eppure hai studiato tanto! Almeno la Carla è professoressa. Di latino, per giunta.

Mi si era accesa una spia rossa nel cervello: darle corda mi sarebbe stato fatale. O quantomeno avrebbe implicato un dispendio di energia psicofisica che a quell’ora del venerdì non potevo permettermi. Dovevo assolutamente cambiare discorso, ma tant’è…

– Rispondigli che lavoro in una casa editrice…

– Diciamo che il vecchio Bruzzo gli ha fatto proprio un bel regalo, allo Scianca, mettendogli a posto la figlia – la spia rossa si doveva essere accesa anche nel cervello di mio padre: ero salva! – che se non era per lui la Anna sarebbe ancora a spasso! Erano una famiglia di morti di fame. Lavoratori, che la fatica non gli ha mai messo paura, ma morti di fame.

– Eh sì, proprio gente ordinaria!

Come sempre papà aveva compiuto il miracolo: mamma aveva messo da parte l’annosa avversione che manifestava per le mie scelte e, mansueta come un agnellino, aveva abbracciato il solido, sano realismo di mio padre. Che, con timone ben saldo, ora guidava la conversazione verso lidi per me più sicuri:

– È che era gente poverissima e ignorante, – eccolo il vecchio comunista: il lupo perde il pelo ma... – facevano i mezzadri. Almeno il nonno aveva questo pezzo di casa con un po' di terra...

– Anche loro avevano la terra, solo che se la sono mangiata! E a quei tempi tutti hanno patito la fame...

– Tanta che il nonno è dovuto andare in Argentina...

Come vuole il detto, se ti salvi da Scilla, Cariddi è lì pronta a fregarti: stavamo per precipitare nel gorgo delle disgrazie di Buenos Aires! Quella, però, doveva essere la mia sera fortunata, visto che il discorso stava prendendo una piega diversa.

– Tra l'altro, la prima volta c'è andato proprio con il padre dello Scianca, il Purin, che nella zona ha fatto un po' da battistrada.

«Papà: ti adoro!»

– E come c'è finito il padre dello Scianca a Buenos Aires?

– Non saprei di preciso. Penso che ci sia andato con della gente di Genova: sua sorella era a servizio da dei "signori" in via Corsica, e lui di tanto in tanto andava da lei a recuperare un po' di "grano". Sai come vanno queste cose, avrà incontrato qualcuno all'osteria – lui c'era di casa, all'osteria – e sarà partito...

– Con i denari della sorella...

– Con i denari della sorella. Quando è tornato era ancora senza soldi, ma con l'idea di poterli fare laggiù. Intanto casa e podere li tirava avanti quella poveretta della moglie, che nel frattempo aveva messo al mondo due figlie. L'anno che è partito col nonno c'era il terzo, lo Scianca, per strada. Comunque sia, è andato avanti e indietro per dieci anni, su e giù dall'Argentina. Senza combinare niente di buono. La mamma ce l'ha una foto del nonno con il Purin a Buenos Aires, chissà dov'è finita...

– Ah sì, col bordo zigrinato, formato cartolina... tutti e due col cappello... dev'essere in una scatola in cantina. Era un poco di buono il Purin: laggiù, quel che guadagnava se lo spendeva. Alle carte, e anche di peggio, che se trovava qualche donnina ecco che moglie e figli se li era belli che dimenticati! Quando tornava, alle figlie dava quasi fastidio, tanto poco lo conoscevano: la Rosina, la sorella più grande dello Scianca, mi diceva che quando era a casa le dava ai nervi perché andava a dormire nel letto con la moglie, mentre di solito con la mamma ci stavano le ragazze, e a loro toccava di dormir di sotto, nello stanzino vicino alla cucina. Quella donna era una santa! Nella vigna faceva quasi tutto come un uomo. Solo che ce l'avevano tanto *imbriccata*, loro, la vigna! E di terra cattiva. Ci usciva ben poco, di là...

Mentre ero ancora alle prese con la mia insalata, mamma aveva tolto le fondine e messo in tavola una pentola in terracotta fumante: peperonata con lo spezzatino. Mi chiedevo in che modo riuscissero mai a digerire quella roba di sera...

– E come facevano a tirare avanti?

– Si arrangiavano. La Rosina teneva una capretta per il latte, e avevano qualche gallina e qualche coniglio... Quand'è venuta più grandicella è andata a lavorare in filanda. Si faceva tutte le mattine un'ora di cammino a piedi. Anche con la neve.

– Com'è che hanno perso la casa?

– Un paio di annate andate male, poi la moglie si è ammalata. Lo Scianca avrà avuto sì e no una decina d'anni.

– E così?

– Niente: Purin è tornato dall'America, ha dato via cascina e vigna per pagare i debiti e si è messo a fare il mezzadro. E, quando la moglie è morta, alla Rosina le è toccato di diventare la donna di casa.

– Dev'essere morta di tisi, – e l'occhiata loquace di mamma intendeva presagire che io potevo essere la prossima... – la Rosina mi raccontava che le massaggiava la schiena con l'olio benedetto.

– Mi sa che le ha fatto ben poco...

– Quindi lo Scianca se lo è praticamente allevato la Rosina…

– Senza praticamente: gli ha proprio fatto da madre. Fino a quando non si è sposata. Pensa che voleva perfino portarselo dietro, solo che andava a stare dalla suocera, e quella figurati se lo ha voluto!

– Dunque lo Scianca ha fatto proprio una bella vita di merda!

– Be', alla fine, poi, no: dai Bruzzo stavano bene, e ha avuto la fortuna di potersi comprare una cascina.

Avevo lasciato cadere la forchetta nel piatto ormai semivuoto:

– Mamma! La chiami fortuna?

– E che cos'è, se no?

– Pastrocchio. Inghippo. *Aumma aumma*. Chiamala come vuoi ma non chiamarla fortuna!

– Cosa vuoi saperne tu, linguaccia!

– Quello che dicono tutti…

– A noi quel che dice la gente non ci interessa!

Con "noi", mia madre si riferiva alla famiglia Morbelli: io, lei e papà. Naturalmente il centro decisionale di questo soggetto collettivo non poteva essere altri se non lei, che in fatto di giudizi etici e morali si è sempre considerata infallibile quanto se non più del Papa. Ad ogni modo, imbarcarsi in quel genere di discussione non valeva la pena. Anche perché ero stanca morta e non vedevo l'ora di infilarmi nel letto a finire il mio libro. Giallo.

Quattordici

– Questa lilla ti piace?

– La preferisco rossa.

– Però forse mi sta meglio lilla.

– La scollatura ce l'ha più bella quella rossa.

– Quasi quasi chiedo se c'è nera…

– Ma Nadia, ne avrai cinquanta, di magliette nere!

Stavamo curiosando da quasi un'ora fra gli attaccapanni di una bella boutique del centro storico di Gavi, sotto lo sguardo compiaciuto della proprietaria, certa che senza qualcosa non saremmo sicuramente uscite. Carla si era già fatta mettere da parte un abitino nero a minutissimi pois rossi, reso grintoso da una grossa cintura con la fibbia tempestata di strass: soltanto, era necessario fare un ritocco sui fianchi. Cosa a cui avrebbe provveduto l'ottima sartina – camice nero e centimetro al collo – chiamata prontamente a segnare con gli spilli la piccola riparazione: massimo una settimana e il vestito sarebbe stato pronto da indossare! I passi attutiti dalla folta moquette grigia, le commesse tallonavano solerti le poche clienti che si attardavano a provare camicette, giacche e calzoni, rimirandosi nelle specchiere.

– A me il nero piace!

– L'avevamo capito! Basta però che ti sbrighi che da Marina ci aspettano!

– Ma non sono neanche le sette e mezza! Lo sai che sono lunga a scegliere!

E in effetti sul pouf del mio camerino si erano accumulate, negli ultimi tre quarti d'ora, almeno una quindicina di maglie, tutte diverse per foggia e colore...

– Cosa le portiamo?

– Due bottiglie?

– Ne hanno la cantina piena! Qui, il vino, se lo fanno!

– I soliti dolci? Un po' di gelato?

– Vada per il gelato: con quello di Matteo andiamo sul sicuro!

– Prenderei questa qui, ce l'avete in nero?

Il negozio stava chiudendo. Avevamo pagato ed eravamo uscite sulla viuzza lastricata, nel profumo intenso degli amaretti appena sfornati dalla vicina pasticceria che a loro doveva la sua meritata fama. Carla aveva posteggiato nella piazza alberata di fronte alla gelateria, ancora affollata nonostante fosse quasi l'ora di cena. Davanti al bancone, la scelta dei gusti aveva innescato la solita diatriba: io sono sempre stata per le creme, Carla invece è una vera fanatica del gelato alla frutta, e più esotica è, meglio è. Alla fine avevo capitolato:

– Guarda, va bene tutto meno che il mango. Quello no, per carità!

Il figlio del padrone ci guardava di sottecchi con in mano il contenitore di polistirolo e la paletta luccicante, per nulla disturbato dal nostro indugiare. Al contrario, il signore baffuto dietro di noi dava chiari segni di impazienza, mentre la moglie lo attendeva in disparte.

– Allora facciamo banana. Banana e kiwi. E ananas. Ah, anche la pesca!

– E cioccolato bianco... Però niente nocciola, la detesto la nocciola...

Fatto il nostro pacchetto, legato con uno spaghetto azzurro e corredato di una debita quantità di cialde, tempo mezz'ora eravamo di fronte alla villetta di Marina e Lorenzo, una bella casa a due piani affogata nei cespugli di rosa. Il prato ben curato tradiva forse, più che un'autentica passione per il giardinaggio, un periodo di stanca nel ménage coniugale: da quando era nato Davide, Marina si divideva fra bimbo e negozio, e Lorenzo, dopo lo studio, si ritrovava ad avere moltissimo tempo libero.

– Non diciamoglielo a Marina che l'ho tradita per la concorrenza.

– Che se andavi da lei ti faceva pure lo sconto...

– Tiene roba troppo classica!

– Mi raccomando, non asfissiare tutti con la storia della Marinin... E non fare il terzo grado a Lorenzo!

– Giurin-giurella!

– Eh sì che ti credo...

Già dal cancello si scorgevano le volute di fumo che uscivano dal camino del candido barbecue in muratura addossato al muretto laterale di recinzione: gli uomini, con le maniche delle camicie rimboccate, erano già affaccendati attorno alle braci.

– Entrate, entrate, che è aperto!

Una rapida occhiata al vassoio delle carni pronte per essere arrostite, ed eravamo scese nella tavernetta. Tavernetta, insomma... diciamo che è un vero e proprio salone arredato rustico-chic: un grande tavolo fratino, un paio di credenzine liberty ben conservate e meglio restaurate, due immensi divani scuri e una madia aperta che esibiva un'invidiabile scelta di vini e liquori.

Marina e Cinzia erano sedute a chiacchierare vicino al camino centellinando un bicchiere di Martini. Marina, come al solito, era vestita sportiva, jeans e camicetta chiara. Cinzia, anche lei come al solito, sfoggiava un ricercato tailleur pervinca, probabilmente di Caractère, forse non del tutto appropriato per una serata a casa di amici.

– Eccole, le due intellettuali! Venite, che ci prendiamo l'aperitivo. Ma lo sai, Nadia, che hai una giacchina fantastica? Con la minigonna di jeans sta da dio! Dove l'hai presa?

– A Genova, in un negozio di via San Luca... Bella la madia: la volta scorsa non c'era. È un nuovo acquisto?

– Era dello zio di Lorenzo. Quando è andato al ricovero i figli hanno sbarazzato casa, per venderla. Quella nessuno dei due la voleva: troppo ingombrante per un appartamento... Così, visto che gli dispiaceva buttarla, ci hanno chiesto se la volevamo.

– Ne abbiamo anche noi una simile in cantina. Mi piacerebbe farla rimettere a posto.

– A noi è costato una madonna. Che nemmeno i mobili di Le Fablier...

– In paese c'è uno che mette a posto i mobili. È un tipo un po' strano, però dicono tutti che sia molto bravo.

– Lupo, no?

– Lupo, Lupo... Uno di questi giorni devo andarlo a cercare.

Nel frattempo erano arrivati Marisa e Nicola, con un pacchetto identico al nostro, soltanto con lo spaghetto rosso: quella del gelato di Matteo non era stata un'idea originale. Il bimbo lo avevano lasciato, come sempre, dai nonni. Del resto anche Davide era già a dormire, sorvegliato a distanza da uno di quei diabolici aggeggi-radio che alleviano i complessi di colpa delle mamme moderne. Finalmente Lorenzo e Angelo potevano iniziare la cottura della loro pantagruelica grigliata. E noi farci un secondo giro di Martini, con tanto di olivetta. *Comme il faut.*

Poco dopo ci eravamo messi a tavola, ciascuno davanti alla propria tovaglietta provenzale in tessuto lavanda, con tovagliolo abbinato. Lorenzo aveva iniziato a versare nei bei calici dallo stelo viola un nebbiolo di un rubino intenso, e dal profumo asprigno. Ma aveva stappato anche una bottiglia di Gavi per Cinzia, che non beve i rossi. Per due ore nei piatti si erano susseguite carni di ogni tipo:

maiale, manzo, agnello, salsicce, pollo, coniglio, cavallo. Alternate con le verdure più disparate, dalla trevigiana alle zucchine, dalle melanzane ai pomodori, e poi le cipolle, le patate e gli immancabili peperoni. Il tutto chiacchierando del più e del meno: delle vacanze passate, dei viaggi programmati per la prossima estate, delle stupidaggini che gli studenti dicevano a Carla, prima, durante e dopo le interrogazioni, di quanto stronza fosse la sua preside, di quanto rompiballe fosse il mio capo, dei grattacapi che danno i figli quando sono piccoli. Dopo il gelato ci eravamo trasferiti sui sofà, dove Lorenzo ci aveva strabiliato con una serie di grappe aromatizzate in tutti i modi possibili e immaginabili. Servite in calicini panciuti dall'equilibrio instabile.

– Io assaggerei quella allo zenzero… Non l'ho mai provata!

– Per me all'anice.

– C'è al mango? Se no Carla va in crisi di astinenza…

– Quella ancora non l'ho trovata…

– Peccato! Senti, Lorenzo, tu che c'eri praticamente di casa, dall'avvocato…

– Ossignore, eccola che attacca di nuovo!

– … che ci fa con tutte quelle armi?

– Niente. Le colleziona…

– Comunque era, è una famiglia di squilibrati!

Per Marina l'argomento Bruzzo era un invito a nozze: immancabilmente scatenava in lei un desiderio di rivincita non ancora del tutto sopito, a dispetto del tempo trascorso. Ora che, grazie al calore del camino e a tutto quel vino che ci eravamo bevuti, si era slacciata il penultimo bottone della camicetta, avevo notato lo splendido pendente di onice e corallo che portava al collo. Lorenzo aveva sempre avuto buon gusto per i gioielli. E quello, visti i minuscoli brillanti che contornavano il nero-lucido della pietra minutamente sfaccettata, doveva essere costato un mezzo capitale.

– E poi è sempre stato un fanatico della caccia. Lo sai, no, che ha pure una tenuta?

– Sì, a una decina di chilometri dal paese, nel comune vicino.

– Bello il tuo onice!

– Non è onice, è un'ossidiana.

«Ancora più fico» avevo pensato.

– Adesso che è anziano la tenuta l'ha data in gestione. E pare che ci faccia un bel po' di quattrini...

– Anche lo Scianca, non crederai mica che se lo sia pigliato perché era un bravo contadino. O perché ci si poteva fidare. L'aveva assunto principalmente per le sue doti, come direbbe Carla, venatorie: era un ottimo cacciatore. Di grandissima esperienza. E se lo portava dappertutto.

– In che senso?

– Be', all'avvocato la selvaggina locale – lepri, fagiani, cinghiali – andava stretta. Così ogni anno, anche più volte all'anno, se ne andava in giro per il mondo in cerca di prede più impegnative e ricercate. Perfino in Africa, pensa, a fare caccia grossa!

– Quando ci sono i denari...

– Però lui preferiva i cervi: le sue mete predilette erano i paesi dell'Est, soprattutto la Jugoslavia.

– E lo Scianca...

– ... lo seguiva quasi sempre: portava i fucili, li puliva, li oliava, preparava le cartucce. E poi si occupava di macellare le bestie uccise.

– Che orrore!

– D'altro canto, non vorrai mica che le buttassero...

– Così lo Scianca, zitto zitto, un po' di mondo se lo è visto pure lui...

– Eh già, almeno qualche soddisfazione se l'è tolta.

Eravamo al terzo giro di grappa. Nel frattempo sulle nostre teste si era formata una densa nube di fumo azzurrognolo, sprigionata dalle nostre sigarette e dal toscano di Lorenzo.

– Penso che Miran sia arrivato così.

– Chi?

– Miran, lo slavo che di tanto in tanto lavorava nella cascina dei Bruzzo.

– Sarebbe il cognato dell'attuale manente della Gaggina, il fratello della moglie: sono arrivati qualche mese fa, gli è nato un bambino da poco.

– Sì, perché, dopo quella brutta storia, quando lo Scianca se n'era dovuto andare, al suo posto l'avvocato ha preso per qualche mese Miran, che già faceva qualche lavoretto per lui. Ma non era la persona adatta: in Jugoslavia aveva ancora la famiglia e c'era la guerra, era sempre avanti e indietro.

– Così?

– Così in cascina hanno cominciato ad avvicendarsi una serie di slavi, quasi sempre uomini: stavano per un po', un anno, un anno e mezzo, massimo due, poi sparivano.

– Sparivano?

– Nel senso che spesso trovavano di meglio e andavano a lavorare altrove come operai, come muratori. Oppure se ne tornavano da dove erano venuti e amen. Finché l'anno scorso non è venuto Andro con la moglie, peraltro incinta, e la seria intenzione di stabilirsi qui.

– Vuoi dire che Bruzzo-padre ha conosciuto Miran quando andava a caccia in Jugoslavia e se lo è portato dietro in Italia?

– Niente di più facile: magari gli era simpatico, poi era un pezzo di ragazzone disposto a faticare, e penso che non gli dovesse costare più di tanto. Visto da dove veniva, e quello che stava succedendo là, si sarà accontentato di poco.

– E adesso, che fine ha fatto Miran?

– E lo sai tu? Qualche volta pare che venga a trovare la sorella e il nipote, ma dove abiti e cosa faccia ora non lo sa nessuno.

– Lo Scianca ci andava d'accordo?

– Sì, in fondo sì. Anche perché, quando c'era, gli affibbiava tutti i lavori pesanti o rognosi. E Miran sembra non si lamentasse mai. Però non c'era proprio "fisso" alla Gaggina... Cioè, non ci viveva. Al massimo ci dormiva qualche sera, quando il lavoro in cantina o in vigna andava per le lunghe e l'indomani si iniziava presto.

– E dove viveva?

– Aveva affittato – probabilmente pagava Bruzzo – un buchetto a Madonna della Villa. Ma, te l'ho detto, non è che stesse sempre qui: andava via per qualche mese, poi tornava, si fermava per un po', e via così. Comunque in giro lo si vedeva poco: non andava al bar, non frequentava nessuno... Era un tipo di poche parole, giusto buongiorno e buonasera.

– Lei però è proprio carina. La sorella, intendo.

– Mia zia dice che non sbiascica ancora una parola che sia una di italiano: va a far la spesa da lei praticamente un giorno sì e uno no, da mesi, e indica le robe con il dito. Dice solo ciao, grazie, e poco altro. Però un po' l'italiano lo capisce: quando le fa il conto, i soldi glieli dà giusti, a quanto pare. Il marito, invece, non mette quasi fuori il naso dalla tenuta dei Bruzzo: lavora, lavora, lavora e basta!

– Di dove sono?

– Mi sembra dell'Erzegovina, forse Trebinje...

– Posticino tranquillo, eh? Specie negli ultimi quindici anni...

– Avran patito ma alla fine l'hanno trovata la loro America, va'. Che alla Gaggina non gli manca niente.

– Bene per il bambino...

– Però loro la guerra se la devono essere *sussata* tutta: c'erano proprio in mezzo!

– Lui sicuramente...

– Quanti anni hanno?

– Lui i suoi trentacinque ce li ha tutti. È una decina d'anni più giovane di Miran. Lei ne avrà massimo massimo venticinque: la più piccola di una discreta filza di figli. Miran era il maggiore.

Iniziavo a scocciarmi: di Miran e di tutto il suo parentado me ne fregava ben poco. Io volevo sapere dell'avvocato! E intanto si erano fatte le due. Mi ero versata ancora un dito di grappa, accesa l'ennesima sigaretta, ed ero partita di nuovo all'attacco:

– Quindi Bruzzo-padre colleziona in prevalenza fucili da caccia... Perché Nicola, l'altra sera, mi diceva...

Carla mi aveva lanciato un'occhiataccia, rassegnata.

– No, Nadia, non ci siamo capiti: tu mi hai chiesto che cosa se ne faceva delle armi, e io ti ho risposto che ci andava a caccia. Con quelle da caccia. Con le altre non ci fa proprio nulla. Le compera, le tiene lì, se le guarda, se le smonta, se le rimonta, e basta.

– E perché?

– Così, per passione. Perché ha un mare di soldi da spendere. Perché si annoia. Un hobby come un altro...

– Dunque anche armi moderne?

– Soprattutto armi moderne, da guerra. Gli piacciono particolarmente quelle supertecnologiche, all'avanguardia.

– In effetti, essendo fascio...

– Ma è legale?

– E figurati se non è legale! Un avvocato di grido vuoi che faccia una cosa illegale?

– Non si sa mai!

– Basta che le compri dove si deve, che le denunci regolarmente e che le tenga in casa. Ovviamente devi avere il porto d'armi.

– Ma che armi sono? Fucili, pistole? Non riesco a immaginarmele!

– Ma sì, fucili, pistole... Guarda, ti racconto questa: una volta vado alla Gaggina a prendere Massimo, che però era rimasto imbottigliato in autostrada. Così l'aspetto. Ero fuori in giardino che mi fumavo un sigaro e passa l'avvocato. Si vede che aveva voglia di parlare, così mi fa: «Vieni un po' a vedere il mio ultimo acquisto!». Entriamo, andiamo nel suo studio e mi tira fuori una custodia di metallo satinato. La apre: dentro, nella gommapiuma, smontata, c'era una bestiazza da paura. Me la monta davanti agli occhi: un fucile di precisione con treppiede e tanto di cannocchiale a infrarossi! Di quelli che spari da sdraiato, come si vede nei film! Poi mi ha tenuto per tre quarti d'ora a farmi lo spiegone di come funzionava il mirino, della gittata dei proiettili, delle leggi della balistica...

– Sai che palle!

– Sì, che palle. Ma io un affare del genere mica l'avevo mai visto...

– Ti credo!

– Né, mi sa, lo vedrò più.

– E meno male!

– Nadia, sono le tre passate, non sarebbe meglio andare?

Quindici

Quel lunedì era passato in maniera fiacca. In più, ero ancora mezza rintronata per tutto il sole che avevo preso nel week-end, al mare da Antonella: evidentemente l'anatema lanciato da mia madre, «attenta a non scottarti!», aveva colto in pieno nel segno... Il fatto che avessi "saltato" un fine settimana al paesello evidentemente non le era andato giù. D'altro canto Carla era in gita a Barcellona con la sua quinta e da sola sarebbe stata una vera menata... Anche a Moneglia, in verità, non è che me la fossi proprio spassata: già Antonella, di suo, non è una tipa propriamente godereccia, in più stava smaltendo i postumi dell'ennesima "facciata" presa con l'ultimo fidanzato, belloccio quanto si vuole, ma con poco cervello. Da quando si era separata dal marito – quasi tre anni di convivenza burrascosa – aveva collezionato un discreto numero di disastri sentimentali... In questo caso, dopo un annetto scarso, il tipo aveva preferito salpare per altri lidi, puntando deciso verso le braccia spalancate di una biondona sedicente psicologa che cercava di mettere a frutto i suoi saperi in una beauty farm di ispirazione new age. Insomma: musica lagnosa e arredamento feng shui a condire uno spiritualismo d'accatto. Nel fumo soffuso di incensi al gelsomino. In pratica, per due giorni, avevo dovuto fare io, da psicologa. A coronare il tutto, va detto che Antonella in cucina è una frana, e ci eravamo cibate esclusivamente di pizza-a-domicilio. Però il mare era splendido, e la spiaggia ancora semideserta.

A parte la solita montagna di bozze da correggere, tutti gli sforzi dell'Althea erano concentrati sul Salone del Libro di Torino che apriva a metà settimana. C'erano pile di libri dappertutto, e Marcello, sbuffando come una vaporiera, si dava da fare a impacchettarli e metterli per bene negli scatoloni. Ma c'era ancora tempo: il corriere sarebbe venuto a ritirarli solo l'indomani. Ciò non toglieva che Gian Paolo fosse agitatissimo, e girasse per le stanze in maniera inconcludente sbraitando che eravamo indietro da matti e non ce l'avremmo fatta mai e poi mai ad arrivare all'inaugurazione con lo stand montato.

– Su, Gian Paolo, stattene un po' tranquillo! È quasi tutto a posto!

– Quasi, quasi! Questa è la fiera del pressappochismo! Cazzo! Ma sapete quanto mi costa quello spazio? Che almeno si vendesse qualcosa... e invece no: se ne stanno tutti ammucchiati da Einaudi e Mondadori a sfoglicchiare romanzi che potrebbero benissimo trovare nella libreria sotto casa!

– Bravo! Allora l'anno prossimo facciamo a meno di andarci, così tu risparmi e magari eviti pure di romperci le palle.

Marcello se la ghignava in sordina, chino su un cumulo di riviste, tutte rigorosamente di formato diverso e perciò restie a ogni tentativo di imballaggio coerente.

– Ah sì, proprio dei bei collaboratori mi ritrovo! Vi piacerebbe eh, prendere lo stipendio senza fare un *belino*? Non sono mica un ente di beneficenza io!

– Ma se hai appena finito di dire che non serve a niente...

– Non serve a niente ma bisogna andarci! È una questione di visibilità.

– Eh già, così puoi far la ruota in mezzo alla tua corte di autori.

– Buoni quelli! Vengono solo per menarmelo: e c'è un errore qui e la copertina è colà, e non c'è sufficiente distribuzione... O per scroccarmi i libri. In quello sono bravissimi! Dei veri geni!

– Mi sembra di vederlo il Mazzucchelli col suo bloc-notes: a pagina 126 ci sono le inglesine doppie invece che semplici, a pagina 243 manca il punto alla fine della nota 402…

Mi ero seduta sulla scrivania a godermi lo spettacolo di quell'incazzatura.

– Tu ci ridi, ma mi ha già telefonato venti volte, e sempre quando la Mariella ha appena messo la pasta in tavola: ci deve avere un timer nel cervello quello lì! Dice che è pieno di errori!

Ero saltata in piedi come una molla. E avevo di nuovo stracciato le calze, rimaste impigliate in una venatura del legno. Meno male che questa volta ne avevo un paio di scorta nel cassetto.

– Fanculo! Ma non potremmo cacciarla 'sta mobilia dell'anteguerra? E comperare tutto nuovo all'Ikea, che la roba te la tirano dietro?

Poi avevo pensato che mi sarebbe toccato pure di montarmele, scaffalature e scrivanie, e avevo desistito.

– Due ce ne sono di errori, due! E uno è tutto colpa sua che corregge le bozze con la matita! Mina durissima, ovviamente… che si fa prima a leggerlo al tatto. Tipo braille…

– Vabbe', lasciamo perdere… Allora, tu quando ci sei al Salone?

– Ti ho già detto duemilacinquecentoventisette volte che ci sono giovedì, venerdì e sabato. Poi, se credi, posso andarci lunedì.

– Certo che credo! Perché domenica cosa c'hai da fare?

– Niente, vado da mamma.

– La mamma, la mamma! Ha quarant'anni e deve andare dalla mamma!

– Sono quindici giorni che non vedo i miei… E intanto la domenica viene sempre la Chiaretta. Che porta minigonne ascellari e fa alzare l'affluenza.

Fortuna che aveva suonato il telefono del suo studio: ci era stato miracolosamente concesso un briciolo di tregua! Mentre, di sottofondo, lo sentivo urlare come un ossesso redarguendo un povero grafico che aveva clamorosamente *ceffato* la scritta sul dorso di un volume, era squillato anche il mio di telefono.

– Dottoressa...

– Ma guarda guarda chi si rifà sentire: il dottor Prini! Mi faccia indovinare: avete finalmente assicurato alla giustizia l'assassino della Marinin!

– Ma è una fissazione la sua! *Ahhrr ahrr...*

– Qualcosa di nuovo nel campo delle indagini?

– *Ahhrr ahrr...* non molla proprio mai eh, lei?

A quel punto incominciavo a chiedermi perché mai mi avesse chiamato...

– Tutto bene?

– Non c'è male grazie! E lei?

– Così cosà. Sono nel bel mezzo del solito delirio annuale che precede il Salone del Libro...

– Ah! Bello! Io ci vado ogni anno.

– Allora magari le procuro un biglietto omaggio.

– Volentieri! In genere ci vado il venerdì, per evitare la ressa del weekend. Cosa c'è di interessante?

– Quest'anno, con la storia delle olimpiadi invernali, ci sarà una serie di eventi dedicati alla "competizione", ma il tema conduttore sarà il sogno. Solo che io, col fatto che ci lavoro, praticamente non riesco a vedere mai niente: siamo solo in due, e in genere l'editore si dedica alle pubbliche relazioni, per cui...

– Oh, mi dispiace... Mi vuol dire che un'intellettuale così colta e raffinata come lei è relegata al ruolo di "commessa"?

– Sì e no. Vede, l'Althea, per ora, è una casa editrice che pubblica prevalentemente saggi "scientifici": cose per l'università, intendo. Quindi la nostra presenza al Salone non ha come obiettivo principale il vendere.

– E allora che ci andate a fare?

– Bella domanda: l'ho appena fatta al mio capo che ha colto l'occasione per ricoprirmi di insulti. Dice che è per via della visibilità...

– Ah, misteri del marketing!

– Ad ogni modo gli incontri più interessanti ci sono al sabato e, mi creda, non è poi che ci sia quella gran calca...

– In realtà non scelgo il venerdì solo per quello: solitamente i miei fine settimana li passo a Sanremo. I miei hanno comprato una casa là tanto tempo fa, quando io e le mie sorelle eravamo piccini, e durante l'anno sono rimasto praticamente il solo ad andarci.

– Eppure la riviera è bella...

– Sì, ma da Milano è sempre problematico muoversi. E poi le mie sorelle hanno bimbi piccoli... Insomma, il resto della tribù si stanzia là soltanto nei mesi di luglio e agosto. A fasi alterne.

– Quindi, lei, per le vacanze, deve necessariamente avere un "piano B"...

– "Piano A", cara dottoressa, "piano A": ho sempre detestato andare alla spiaggia d'estate! C'è troppo caldo, troppa confusione, troppi bambini. Troppo di tutto, insomma. Preferisco mete più fresche.

– E dove andrà di bello quest'anno?

– Irlanda: sono stato un paio di volte in Scozia ma mi hanno detto che l'Irlanda è perfino più bella...

– Ci piove un sacco. Praticamente tutti i giorni. Spesso più volte al giorno. Insomma, roba da farci la muffa.

– C'è stata?

– Certo che sì. Infatti ho fatto la muffa...

– Non vorrà dirmi che non le è piaciuta...

– Splendida! È veramente splendida. Scherzi a parte, è uno dei posti più belli che io abbia visto. Le consiglio di affittare una macchina e di andarsene a zonzo. Ci sono degli angoli incantevoli.

Iniziavo a non sapere più che pesci pigliare. Gian Paolo stava di nuovo passeggiando nervosamente fra i pacchi con Marcello che lo guardava in tralice, timoroso che deflagrasse in un altro cazziatone. O che gli chiedesse di andarci anche lui a Torino. Il che sarebbe stato un disastro, visto che aveva una gara di motocross proprio quella domenica. Eccolo che si avvicinava minaccioso alla mia postazione: ora mi avrebbe sicuramente urlato le peggiori cose.

– Nadia! Ma sei sempre al telefono!

– Scusi, dottor Prini, ma il principale – come avrà certamente intuito dalle grida beluine in sottofondo – reclama la mia presenza. Posso esserle utile in qualcosa?

– Vada, vada, ci mancherebbe! Mi spiace averle fatto perdere tempo. Venerdì vengo a trovarla al Salone.

– Volentieri! Domani le faccio avere il biglietto.

Al Salone, la mattinata di venerdì era rotolata via lasciandoci pressoché indenni: qualche scolaresca – che non ci considerava neanche di striscio – qualche sparuto insegnante di liceo riconoscibile in quanto vestito da insegnante di liceo in libera uscita (jeans, lupetto o oxford azzurra, a seconda delle condizioni climatiche, immancabile giacca blu) e poco più. Naturalmente era venuto Mazzucchelli che, a dire il vero, non aveva fatto quelle gran scene: si era lamentato ma poco poco, quasi per non perdere la reputazione, e stare nella parte. Verso l'una e mezza eccoti arrivare Prini: l'avevo intravisto da lontano, in mezzo agli stand, e l'avevo seguito con lo sguardo fino a quando era a pochi metri dal nostro senza riuscire a capacitarmi di come cavolo si fosse conciato. C'è di peggio, sicuro, c'è di peggio. Ma, abituata com'ero a vederlo indossare elegantissimi completi in fresco-lana, trovarmelo davanti in calzoni di fustagno tinta ruggine, camicia a righe verde-salvia e giacca in velluto a costine color tabacco mi aveva lasciato veramente basita. E poi dicono che l'abito non fa il monaco: se con il vestito grigio o blu era fin passabile, con quella roba addosso era proprio brutto, quasi che l'ordinarietà dei capi, e più ancora dei colori, avesse l'effetto di esaltare i suoi lineamenti sgraziati, e il fisico imbolsito. Evidentemente quella era la sua tenuta da tempo libero...

– Dottor Prini, che piacere! Ci ha messo molto a trovarci? Sa, non è che abbiamo una postazione proprio centrale...

– Però all'ingresso forniscono una comoda piantina! Come va?

Una comoda piantina, l'aveva definita una comoda piantina: un'accozzaglia inutile di quadratini colorati con scritte tanto piccole che neppure con la lente d'ingrandimento si riusciva a leggerle... Ogni volta che ci mettevo gli occhi su, i miei tentativi di capirci qualcosa andavano miseramente frustrati. E finivo col dovermi rivolgere alle truccatissime, ed elegantissime, hostess del servizio informazioni che, ormai, dovevano pensare che fossi una mezza deficiente, incapace di orientarmi nel loro variopinto regno di costosissimi box.

– Ma non ha caldo?

Mi era scappata! In effetti aveva la fronte imperlata di sudore: le luci di migliaia di potenti faretti certo contribuivano a surriscaldare l'ambiente, però fustagno e vellutino facevano la loro parte. Magari col pensiero era già proiettato in Irlanda... Basti pensare che io, pur freddolosissima, ero in mezze maniche e senza calze, sfruttando l'abbronzatura di Moneglia.

– Be', sì, fa caldo. Decisamente caldo. – Intanto si detergeva la fronte con un fazzoletto candido – Come vanno gli affari?

Non riuscivo a staccare gli occhi da quell'improbabile giacca di velluto: forse lo stile country gli dava più l'idea di fine settimana, di "vacanza"...

«Oddio: non è che, così paludato, andrà a girare anche per Sanremo?».

– Affari... È una parola grossa! Diciamo che abbiamo preso

qualche contatto interessante. E, a dire il vero, un po' di libri li abbiamo pure venduti. Venga, le presento il mio principale... Gian Paolo! Gian Paolo! Guarda: ci è venuto a trovare il vice-questore Franco Prini.

Al contrario, nel suo abito in lino tinta cannella, camicia beige e corporatura snella, il capo faceva un figurone.

– Ah! Finalmente è venuto ad arrestare la Nadia? Piacere, Gian Paolo Garbarino.

– Franco Prini, onorato di conoscerla. No, per questa volta la fa franca: le indagini sul caso Mammoliti portano inequivocabilmente altrove.

«Altrove? Altrove dove? Non è che avranno scoperto qualcosa di nuovo e non mi hanno detto niente?»

Avevo preso a dondolare cambiando nervosamente appoggio da un tacco all'altro. Le caviglie cominciavano a gonfiarmisi. E intanto mi saliva, fortissima, la tentazione di mangiucchiarmi le pellicine attorno alle unghie. Cosa da evitare assolutamente!

– Ma che Marinin! Per tentato omicidio di editore la dovreste arrestare. Anzi, mi dica dove posso sporgere denuncia che ci vado già lunedì...

– Guarda che lunedì siamo ancora impegnati qui al Salone!

– Martedì allora, martedì di sicuro!

Avevamo tutti riso. Io con un po' meno di trasporto. Poi avevo mostrato le nostre novità editoriali a Prini che si era scelto anche un paio di volumi, con l'intenzione di comperarli, cioè di pagarli. Ovviamente Gian Paolo non l'aveva permesso e glieli aveva voluti regalare a tutti i costi.

– Ecco, vede perché noi abbiamo un piccolo stand laterale e la concorrenza li ha grandi in posizione supercentrale? Perché al nostro editore piace scialare...

– Per sdebitarmi posso invitarla a pranzo?

– Volentieri, intanto il principale è appena tornato e questo sarebbe proprio il mio turno.

Avevamo salutato Gian Paolo, che si era prodigato in salamelecchi con l'illustre ospite, e ci eravamo diretti verso il più vicino punto di ristoro, gettando rapide occhiate qua e là fra i banchi zeppi di libri. Una ressa pazzesca! Mi era parso che, di sfuggita, il Prini avesse gettato un occhio nella mia scollatura. Ma potevo anche essermi sbagliata.

– Ecco dove stanno i potenziali clienti: tutti accalcati alla cassa del bar!

– Però là in fondo c'è un tavolino libero: si accomodi pure che all'ordinazione penso io. Cosa prende?

– Insalatona. Vado a presidiare la postazione.

Dopo un quarto d'ora buono era arrivato col vassoio, su cui dominavano pericolosamente in bilico due champagnini Kriter.

– Fantastico! Pasteggiamo a champagne... Che lusso!

Lui si era preso una quiche lorraine o qualcosa che vagamente le assomigliava. E una fetta di torta con i frutti di bosco sormontata da una slavina di panna. Tanto per tenersi leggero.

– Mi pare di aver capito che le nostre indagini hanno avuto una svolta...

– Veramente è la MIA indagine. *Ahhrr ahrr.* E poi ho detto così per dire...

Mi aveva versato lo champagne nel calice – uno di quelli piccoli, da "bianchino" – e io avevo affondato la forchetta nelle carote julienne che imperavano, assieme al tonno sott'olio, in quel sovrabbondante mix vegetale. Facendo attenzione a non schizzarmi d'aceto balsamico la gonna tortora.

– Nessuna svolta, allora...

– Ci stiamo lavorando, niente di più. Però siamo impegnati in altri casi, sa? Ad esempio abbiamo sgominato una banda di trafficanti di droga boliviani. E c'è un morto annegato di cui non riusciamo a stabilire l'identità. Insomma, potrebbe prodigare i suoi sforzi altrove, visto che della vicenda Mammoliti non se ne viene a capo.

– Faccia pure lo spiritoso! Povera Marinin! Ma lo sa che l'avvocato, Bruzzo, a casa ha un mezzo arsenale?

La quiche se l'era già trangugiata tutta, a grossi bocconi. Aveva allontanato il piatto ma, prima di dar dentro alla torta, evidentemente aspettava che finissi anch'io: infatti, sua sponte, si era permesso (così si era espresso) di prendermi una macedonia di fragole.

– Ma non mi dica! Peccato che sia fuori della mia giurisdizione, se no avrei mandato subito una task-force. Naturalmente dopo aver allertato il Ministero degli Interni.

– Già me l'immagino l'agente Maresca in tenuta anti-sommossa mentre fa irruzione!

– A lei Maresca non riesce proprio a entrare in simpatia, vero? Comunque, se fossi in lei – il tono si era fatto serio – non andrei a rimestare troppo in certi affari. Mi dia retta, non si sa mai.

– Scusi, a lei sembra normale che uno si tenga delle armi da guerra in casa?

– Guardi, personalmente ritengo che chi lo fa sia un po' andato di cervello. Ma lo penso anche di chi colleziona francobolli, farfalle o lattine di birra: tutte "manie" che denunciano una personalità sadico-anale. Finché non delinquono, però, non rientrano nei miei interessi professionali. In fin dei conti faccio il "questurino", mica lo psicanalista. *Ahhrr ahrr.*

Nel frattempo ci eravamo alzati e avevamo preso a bighellonare fra gli stand.

– Lei ce l'ha, la pistola?

– Vuole scherzare?

– Un celerino senza pistola? Non ci posso credere!

– Ma no, non ce l'ho adesso… È ovvio che ne posseggo una d'ordinanza.

– Mmm, non ci credo – e avevo improvvisato una sorta di perquisizione, tastandolo sotto la giacca: era inequivocabilmente sovrappeso. Certo, se era abituato a ingozzarsi di quelle schifezze… Poi, chiacchierando di tutt'altro avevamo continuato la visita al padiglione. Fino alle tre passate e, al mio ritorno al banco dell'Althea, caso più unico che raro, Gian Paolo non si era nemmeno messo a sbraitare per la mia assenza tanto prolungata. Potenza della Celere!

Sedici

Il sole del mattino filtrava tra le persiane soffondendo la camera di una luce dorata. Mi ero alzata in fretta ad aprire le finestre e subito mi ero affacciata: una giornata splendida, incredibile dopo il tempo *luvego* dei giorni passati. Le goccioline di pioggia sul mirto brillavano come cristalli, e l'erba bagnata del prato sembrava ancora più verde. In giardino mamma e papà si affaccendavano attorno alle piantine di primule, mezze annegate per la pioggia che aveva continuato a cadere per gran parte della settimana. Però faceva freschetto... Così mi ero messa a frugare nei cassetti del vecchio comò dei nonni in cerca di una felpa, nella speranza che mamma non le avesse lavate tutte il giorno prima, in previsione del bel tempo prossimo venturo. Perché mia madre, fra le altre cose, è pure una fanatica delle previsioni meteorologiche: le guarda su tutti i canali, fa un'attenta comparazione e in genere concede la palma giornaliera della vittoria a quelle di LA7. Non tanto perché ci azzecchino più delle altre, ma semplicemente in quanto il signore che le fa le è simpatico. Pur non condividendone i gusti nella scelta del vestiario.

– Sta venendo su il caffè: scendi a fare colazione?

– 'Rivo!

Mi ero infilata i jeans e un maglione – visto che, alla fine, la felpa non l'avevo trovata – ed ero scesa ancora in ciabatte, lasciando il letto da fare: la comodità dell'aver adottato il piumone è che a tirarlo su ci si impiega un attimo. Poi, magari, dentro ci fai la sauna, ma al mattino... Che soddisfazione! In cucina la fiamma pigra del caminetto contribuiva a smorzare l'umido di cui si era saturata la casa. Sul tavolo di marmo coperto da una tovaglia fiorata che era stata il mio regalo di alcune Pasque prima, tre tazze e un cestino di biscotti del Lagaccio aspettavano la famiglia Morbelli una volta tanto unita nella zuppetta mattutina.

– Com'è andata al Salone?

– Non è ancora andata, mi tocca anche domani!

– Ce n'era di gente?

– Un mondo. Da non poterne più. Ieri sera avevo due caviglie che parevano zamponi...

La mamma miscelava sapiente latte e caffè nelle coppette. Papà aveva aperto il giornale che era andato a prendere alle otto in paese, assieme a due strisce di focaccia che ora erano a intiepidire sulla *ciappa* del camino.

– Che si mangia, oggi?

– Acciughe ripiene.

– Buone! Dove le hai pescate?

– Ieri è passato l'omino con l'ape.

La prima immagine che mi era venuta in mente era quella di un esserino minuscolo in groppa a un insetto paffuto, a strisce gialle e nere, come lo disegnano nei fumetti. Naturalmente, il venditore ambulante che di tanto in tanto da Voltri si spingeva fin lì a smerciare i suoi pesci era tutt'altro che un lillipuziano, anzi, era perfino ben messo, per quanto asciutto nel fisico come in genere lo sono i pescatori liguri, e forse quelli di tutto il mondo. Ma mia madre, da che ho memoria, i commercianti e gli artigiani di ogni sorta si ostina a chiamarli "omini": l'omino dell'acqua, l'omino del gas, l'omino del giornale (quello che quando stavano a Genova tutte le domeniche mattina portava a casa *l'Unità*), l'omino della legna, e via dicendo.

– Ah, a proposito, all'omino della farmacia gli sono poi arrivati i granuli di arnica omeopatica che ho ordinato?

– Il dottore ha detto che dovrebbero portarglieli in settimana.

Risposta che confermava quanto le gerarchie di mia madre fossero incrollabili, e soprattutto immutabili: al vertice ci stavano il medico e il farmacista, poi ingegneri e avvocati, e poi gli insegnanti, giù giù fino a una miriade di "omini", uguagliati nel loro svolgere mansioni poco titolate.

– Con "dottore" intendi il farmacista? – ero di buon umore e avevo voglia di romperle un pochino le balle.

– Guarda che è un dottore anche il farmacista!

– Se è per questo lo sono anch'io: dottore in Lettere.

– Ma che discorsi! Ha perfino la croce sul camice!

– Uhm... Allora il nostro medico è un millantatore: Lavagnino non l'ha mai avuta la croce sul camice. Anzi, a dire il vero, il più delle volte non ha nemmeno il camice...

Aveva finito di bere il caffè e si era diretta risoluta al lavello per pulire le acciughe. A sottintendere che non valeva la pena continuare la conversazione con una scema come me. Io mi godevo il tepore della tazza tenendola con due mani, sotto il mento, in modo che i suoi vapori profumati mi scaldassero il viso. Ogni tanto appoggiavo le labbra al bordo e bevevo un sorso.

– Senti, pa', che mi dici dei croati che stanno dall'avvocato? Che tipi sono?

– Son delle *legere*, dei *perdaballe*, teppaglia! – aveva sentenziato mia madre china sul cartoccio dei pesci, senza nemmeno voltarsi.

– Ma no, sono dei poveri cristi, con tanta fame nei fianchi che si adattano perfino a lavorare per quel fascista di Bruzzo – aveva replicato papà.

– Mi ha detto Lorenzo che il primo, Miran, se lo è portato dalla Jugoslavia, quando ci andava a caccia.

– Quello era un tipo schivo. Si faceva vedere ben poco in giro.

– Era una gran *legera*! – la mamma era implacabile, quando ci si metteva – Certo che non si vedeva in giro: faceva il contrabbandiere!

Dopo aver fatto su lische e interiora nella carta, aveva rinchiuso il maleodorante fagotto in un sacchetto di plastica. Indi lo aveva gettato nel bidone della spazzatura, attenta a non sgocciolare sul pavimento. E si era messa a lavare i pesci passandoli a uno a uno sotto l'acqua del rubinetto, per metterli poi aperti ad asciugare su un foglio di carta straccia.

– Il contrabbandiere? E tu come fai a saperlo?

– E cosa vuoi che facesse? Un po' qua, un po' là... Visto che c'era la guerra e lui era qua, cosa ci andava a fare sempre là, che là sparavano?

– Sarà andato dai suoi no? Madre e padre ce li hanno pure i croati...

– Non so mica...

– Guarda che non fa mica ridere... E cosa avrebbe contrabbandato, secondo te?

– Cosa vuoi che ne sappia, io? Caffè, sigarette, liquori, roba da borsa nera!

– Ma non era mica la Seconda guerra mondiale!

– Le guerre sono tutte uguali. Lo so io che l'ho fatta!

– Dài, che eri una bambina!

– In fondo la mamma tutti i torti non ce li ha... Miran, o come diavolo si chiama, un po' *legera* lo era.

– Perché?

– Mah, vabbe' che lavorava dai Bruzzo che sono sempre stati generosi con i lavoranti, ma per le mani gli giravano sempre un sacco di soldi. Poi spariva per un po', ritornava dopo qualche mese... Insomma, non è che facesse una vita normale, come tutti gli altri. E non dava confidenza a nessuno, anche se l'italiano lo sapeva bene, eccome se lo sapeva. In paese dicevano che l'avvocato lo teneva per fare i lavori "sporchi".

– In che senso, "sporchi"?

– E lo sai tu? Magari gli portava i soldi in Svizzera, gli faceva da manutengolo per affari non del tutto legali. O da mediatore per le armi che collezionava: forse erano rubate, e non sta mica bene che un professionista di grido razzoli fra i ricettatori. Comunque, questo è quel che si diceva in giro. Ma non è che ci si possa fare del tutto affidamento, visto che Bruzzo sta sull'anima a parecchi, nel circondario.

– E adesso che fine ha fatto?

– Pare che stia a Genova, ma ogni tanto viene a trovare la sorella. Si è stabilita da poco col marito alla Gaggina: sono i nuovi manenti.

– Lo so, ce l'ha detto Lorenzo l'altra sera.

– È una tanto insulsa! Sempre zitta, con la testa bassa, neppure fosse uscita dall'uovo l'altro ieri!

Mamma non si era potuta esimere dal commentare, continuando a tritare rapida aglio e prezzemolo con la mezzaluna:

– Si veste come una zingara, e ha sempre gli zoccoli nei piedi. Dico io: ce li avrà quattro soldi per comperarsi un paio di scarpe, no? È sciatta. E mi sa neanche troppo pulita.

– Ma se sembra ancora una bambina, meschinetta! E ha già un figlio in collo.

– Per me è una che ne sforna dieci come niente. Fanno tutte così da quelle parti.

– Dài, ma', adesso non farmi la razzista! E il marito?

– Il marito lavora e basta, a quanto pare. Non mette quasi mai il naso fuori dalla Gaggina. Del resto, non hanno nemmeno la macchina... Dicono che nella vigna è bravo, però.

– Che guerra del cazzo è stata quella!

– Ma Nadia, parla un po' bene! – mamma stava fregando energicamente il lavandino con la buccia del limone, per far andare via la puzza di pesce.

– Una guerra inutile: non la voleva nessuno.

– Soltanto Tito era riuscito a tenere insieme quell'accozzaglia di etnie.

– Morto Tito...

– Il tracollo! Cosa era, l'ottanta, no?

– Sì, mi pare l'ottanta.

– E poco più di dieci anni dopo erano già tutti indipendenti: Serbia, Croazia, Macedonia, Kosovo, Slovenia...

– Belli pronti a scannarsi fra loro. Roba da matti!

– Però l'America ci ha messo lo zampino...

– Ce lo mette sempre, mica è una novità!

– Già.

– E l'Onu non ha saputo far niente di meglio che stare a guardare.

– Comunque, prendere così sfacciatamente le parti dei croati... che schifo! Si sono fatti andar bene perfino i musulmani!

– Be', mica gliele avevano ancora tirate giù le due torri... Anzi, con il padre di Bin Laden i Bush ci facevano buoni affari...

– Quel che fa più schifo è che li rifornivano ben bene di armi: qualche settimana fa, alla sera tardi, sul Tre ho visto un servizio di Rai Educational che diceva che ce ne mandavano dei C130 pieni zeppi, direttamente a Tuzla...

– Magari partivano direttamente da Aviano, così facevano meno strada...

– Ma perché la sera non te ne vai a dormire bello presto, invece di vedere delle stupidaggini? Poi ti lamenti che alla mattina sei rintontolita. Hai sempre due occhiaie...

– Vieni, pa', se no la mamma attacca con la filippica. Andiamo a fare due passi.

Eravamo usciti nel sole già caldo di quella primavera che faceva le bizze, alternando giornate già estive a piogge e nebbioline che facevano il verso all'autunno. Non c'è che dire, trasferirsi in campagna aveva fatto bene a entrambi, ma soprattutto a lui, che a settantacinque anni suonati sembrava un giovanotto. Il ciclamino addossato al pozzo aveva patito l'inverno e adesso stentava a riprendersi. Il corbezzolo portato su da Genova, invece, non ce l'aveva proprio fatta. Eh, sì, di neve ne era venuta proprio tanta... Mi ero seduta nel prato su una sedia di vimini presa dalla veranda: la stagione non era stata ancora così propizia da tirare fuori le sdraio dalla cantina. Papà era tornato con due forbicioni e un paio di guanti.

– Dài, dammi un po' una mano a tagliare i polloni dei tigli.

– Perché li tagliamo? Stanno così bene! Sembra che il tronco esca da un cuscino verde. Un po' tipo siepe...

– Bisogna tagliarli: tolgono forza alla pianta. Mettiti i guanti, su, se no ti rovini le mani.

– Ok, vada per il giardinaggio. Magari a fare una passeggiata ci andiamo nel pomeriggio.

– Non esci con la Carla oggi?

– Non c'è: va al Salone del Libro. Però la vedo stasera. Volevamo andare a mangiare al Roma.

– Benissimo, tanto la mamma oggi va a trovare la Luisa: l'accompagniamo in macchina e poi scappiamo.

– Mmm... oggi la mamma si dà alla vita mondana!

– Tutto il giorno a parlare di malati, malattie e funerali. Sai che meraviglia...

La Luisa era una mezza cugina di mamma, una rompiscatole matricolata. Però era vedova e senza figli. Così, da quando era rimasta sola, eravamo soliti "adottarla" per le feste: Natale, Epifania, Pasqua, Santi e Venticinque aprile. E qualche domenica di frammezzo. Il suo argomento preferito di conversazione erano i malanni: suoi o degli altri, non faceva la minima differenza. Oppure i *ceti* del paese: questo va con quella, la figlia del tale si sposa, il vestito glielo fa la tale, il pizzo del velo costa tot, robe di questo genere, insomma. A volte riesumava anche *ceti* di quarant'anni prima, e sgomitolava sfilze di amanti il più delle volte già nella tomba da un pezzo, oppure si addentrava in inestricabili labirinti di nomi collegati a complicatissime liti di confine o beneficiari di eredità inique. A dire il vero erano quelli che stavo a sentire più volentieri, anche se perdevo subito il filo delle parentele, visto che qui chiamano cugini anche quelli in terzo o quarto grado, e ti sanno ricostruire a memoria l'albero genealogico di tutti i parenti e conoscenti risalendo almeno fino al trisavolo.

Finito con i polloni, già che avevamo i forbicioni per le mani, ci eravamo messi a sfoltire l'alloro, che rischiava di togliere luce e spazio al vicino agrifoglio. Poi si erano fatti quattro passi nel campo vicino, a vedere che razza di solchi avevano scavato i cinghiali in cerca di tuberi. Così erano passate almeno due ore.

– Tiro giù la pasta! Andatevi a lavare le mani. E toglietevi le scarpe, prima di entrare in casa, che ho finito di pulire mezz'ora fa!

La mamma, dalla veranda, ci chiamava imperiosamente all'ordine. Mezzogiorno e mezza in punto. Sull'orario del pranzo domenicale di casa Morbelli ci poteva sincronizzare gli orologi la NASA per il lancio dello Shuttle.

Diciassette

Alle tre e mezza avevamo depositato la mamma dalla Luisa. Attorno al tavolino di plastica bianca posizionato all'ombra di un grosso abete, c'erano già bellamente sedute a ciarlare altre tre amiche – sicuramente cugine di non si sa quale grado – tutte sui settanta. E tutte col vestito "della domenica": gonne blu o grigie, camicette candide coi colletti traforati, rebecchine di lana pettinata. Con indosso i classici "ori" da signore *agée*: la collana a cordoncino con un ciondolo della Madonna della Guardia, assieme alla fede del marito, buon'anima, oppure un filo di perle. Anelli con brillanti di incerta purezza o di granati. La Luisa sfoggiava un'enorme acquamarina che era stata già di sua suocera. Io e papà non eravamo in alcun modo riusciti a evitare il caffè collettivo, servito in tazzine di Limoges su un vassoio rococò in silver e corredato di un cabaret di canestrelli, baci di dama e sfogliate. Per la Luisa, ricevere la domenica era un evento mondano, il solo che, nella vedovanza, si concedeva assieme all'aperitivo alla Bocciofila il sabato sera e alla "trasferta" in corriera a Ovada per il mercato del mercoledì mattina. Avevo scelto con cura la chicchera che conteneva meno liquido: il caffè della Luisa è veramente fetido.

– Lo sai chi è morto?

«Ecco che ci siamo: la Marinin.»

– Berto di Nando – il che, in linguaggio non criptato, significava «Alberto, il figlio di Ferdinando». Il quale Ferdinando se ne dormiva tranquillo al cimitero da almeno cinquant'anni – Gli è venuto un colpo.

– Davvero? Ma se ho visto sua figlia l'altro ieri!

– È successo ieri sera: l'ha trovato la moglie in cantina. Stava preparando le damigiane da portare a Genova.

– Che disgrazia! Cosa avrà avuto, settantacinque anni?

– Settantatre. Era del '32, lo so perché era della stessa leva del cognato di mia sorella.

– A proposito, come sta tua sorella? L'ha poi venduta la casa?

Mio padre iniziava a dare chiari segni di impazienza. Avevo buttato giù di mala voglia l'ultimo sorso e mi ero alzata:

– Che dici, pa', ci mettiamo in moto?

– Ve ne andate già?

– Andiamo a fare due passi: con una giornata così... sarebbe un delitto non approfittarne. Anzi, papà, che ne dici se lasciamo la macchina qui? Poi torniamo per le sei a prendere la mamma.

Ci eravamo incamminati verso il cancello.

– Potremmo andare alla Gaggina. Passando per le vigne, tempo una mezz'oretta e ci siamo. Volevo prendere un po' di lillà.

– Di tagliare per le vigne non se ne parla nemmeno: con l'acqua che è venuta, ci sarà mezzo metro di *bratta*. Poi la senti tua madre quando arriviamo a casa. Però si può passare dall'interpoderale del Giain, che è inghiaiata: la prendiamo dopo la curva.

Non c'era una nuvola in cielo nemmeno a pagarla e l'aria era tornata tiepida come dovrebbe essere nei pomeriggi di maggio. La strada si snodava pigra, in leggera salita fra campi di vigna tenuti come giardini. Illuminate dal sole, le foglie di vite tenere e succose assumevano una trasparenza che le faceva sembrare diafane: parevano ritagliate dalle vetrate di una cattedrale. Parlando del più e del meno, eravamo arrivati davanti alla Gaggina, che si lasciava intravedere dietro un trionfo di lillà fioriti. La casa dei manenti era subito a fianco della cancellata di ferro battuto. Dietro le sue volute in stile liberty vedevamo salire il viale segnato da grandi ippocastani, punteggiati del bianco-rosato delle innumerevoli infiorescenze a forma di cono che ne fanno il mio albero preferito. In cima, si indovinava il corpo centrale della cascina, massiccio, sotto la torretta che svettava nel verde.

– Cascina... Io la definirei piuttosto una villa!

– Be', si dice cascina perché ha tanta terra. Una volta ci vivevano sette o otto famiglie. Quando la vigna la si arava con i buoi...

Nel cortile, seduta su una seggiola di plastica, una ragazza bruna, con i capelli raccolti in una lunga coda, stava allattando il figlioletto avvolto in una copertina celeste: doveva essere la sorella di Miran...

– Buongiorno! Scusi... Possiamo prendere qualche ramo di lillà?

Aveva alzato la testa e ci aveva fissato con uno sguardo azzurro e vuoto. Poi aveva riabbassato gli occhi in direzione del figlio. Aveva ragione Carla: non sapeva l'italiano. In men che non si dica, però, era comparso come dal nulla un giovanotto biondastro, la barba lunga di due giorni, con un cacciavite in mano. Di sicuro il marito, Andro. Si era avvicinato al cancello, pulendosi le mani sporche di grasso con uno straccio ricavato da una vecchia camicia di flanella a quadri.

– Mi spiace, Maksa non ha ancora imparato la lingua. Avete bisogno di qualcosa?

Gentile. Quasi sorridente. Era di media statura e ben piantato. Anche i suoi occhi erano chiari. Però più scontati, visto che era biondo. Il volto aveva i tratti spigolosi, la mascella accentuata. Si poteva dire che era un bel ragazzo.

– No, no. Solamente volevamo chiedervi se ci lasciate prendere qualche ramo di lillà.

– Entrate. Vado a prendere le forbici.

Ci aveva aperto il cancello e fatto strada. Lui, a quanto pareva, l'italiano lo parlava bene, anche se viziato da un forte accento slavo. Era sparito in quello che doveva essere il capanno degli attrezzi e subito dopo era tornato con un grosso paio di cesoie. Dietro la casa, in mezzo al prato, su una corda tirata fra due alberi di ciliegio era stesa la biancheria ad asciugare: perlopiù abiti da lavoro e le tutine del neonato, inframmezzate da vecchi asciugamani lisi e stinti. Maksa continuava indefessa a ninnare il pargolo, senza mostrare il minimo interesse nei nostri confronti. In quattro e quattr'otto Andro aveva fatto su un grosso mazzo di lillà, senza spiccicare parola.

– Come vi trovate qui alla Gaggina? – avevo abbozzato per intavolare un minimo di conversazione.

– Bene.

La laconicità della risposta rendeva palese che non aveva quella gran voglia di fraternizzare. E che, forse, prima ci toglievamo di torno, meglio era. Si era diretto con passo lesto verso casa: dalla porta aperta per fare entrare un po' di sole si intravedeva una cucina squallida ma ordinata, con il tavolo adorno di un vaso da conserva pieno di fiori di campo variopinti. Mi ero avvicinata e avevo fatto capolino: sull'acquaio c'erano i piatti del mezzogiorno a scolare e una mezza dozzina di bottigliette di birra vuote. Una vecchia poltrona di pelle mezza sfondata – evidente lascito di un qualche trasloco dell'avvocato – era ingombra di gomitoli di lana, infilzati in grossi ferri da calza: piccoli riquadri di maglia colorata lasciavano intendere una coperta patchwork in corso d'opera. Da una porticina era sbucato Andro: teneva in mano dei fogli di giornale con cui aveva rapidamente avvolto il mio fascio di lillà. Quindi me lo aveva porto, accennando un mezzo sorriso. Con quel ruvido viatico io e mio padre avevamo lasciato la Gaggina e con passo veloce ci eravamo messi sulla strada del ritorno. In meno di un'ora si era di nuovo dalla Luisa, scoprendo, senza troppa sorpresa, che la mamma e le sue amiche stavano ancora parlando, come diceva papà, di malati, malattie e funerali.

Alle nove meno venti ero passata a prendere Carla. Il ritardo apocalittico che aveva accumulato il treno nella risibile tratta Torino-Alessandria ci aveva privato del rito consueto dell'aperitivo: la domenica sera, con la levataccia del lunedì a far da spauracchio per i molti pendolari, i ristoranti ovadesi non sono mai troppo frequentati, e dopo una certa ora si fanno quasi deserti. Per cui la chiusura, salvo rare eccezioni, finisce con l'essere decisamente anticipata. Dunque era meglio avviarci senza perdere altro tempo.

Mi piaceva, il Roma. Non certo per l'ambiente, che lasciava un tantino a desiderare. Era rimasto esattamente come negli anni settanta: una grande sala con al centro il banco degli antipasti e una sottofittatura a disegni geometrici in cui erano incastonati dei faretti che inondavano l'ambiente di una luce algida amplificata dal candore delle pareti, quasi spoglie ad eccezione di qualche vecchia foto incorniciata che raffigurava l'Ovada dei tempi andati. I tavoli, apparecchiati con piccole tovaglie bianche sovrapposte di sbieco ad altre gialle, più lunghe, sfoggiavano i tovaglioli a ventaglio nei bicchieri, come usava una volta. Però si mangiava bene, e il rapporto qualità-prezzo era nettamente migliore rispetto alle altre trattorie dei dintorni. Questo faceva sì che la clientela non fosse troppo selezionata, e che spesso si dovessero sopportare tavolate di gente chiassosa. Ma, se non ci si faceva caso, si potevano assaporare vere e proprie prelibatezze a prezzi stracciati.

Come avevamo supposto, il locale non era affatto affollato. O, perlomeno, non lo era come gli altri giorni. All'ingresso eravamo state accolte da Diego, il proprietario, che, calzoni neri e polo immacolata, ci aveva indicato sornione un tavolino un po' in disparte, lontano da un gruppo di avventori che stavano allegramente – e rumorosamente – godendosi un enorme bollito misto, innaffiato da una ragguardevole quantità di vino sfuso servito in caraffe da litro. Più in là, tre cinesi in abito blu si davano compitamente da fare attorno a tre pizze che strabordavano dal piatto.

Prima di accomodarci, Carla si era diretta a un altro tavolo, vicino alla porta che dava sulla cucina, a cui erano seduti due uomini sui cinquantacinque, uno in girocollo azzurro, l'altro con un cardigan verdone. L'avevo seguita controvoglia. Quello più magretto, con due begli occhi blu perfettamente in tono col pullover e i quadretti della camicia chiusa fino all'ultimo bottone, era stato il suo docente di italiano l'ultimo anno di liceo. Entrambi erano dei veri e propri habitué: tutte le sere che mandava Dio sulla terra venivano lì a mangiare. Mi chiedevo come se la cavassero nel turno di chiusura... Il professore era scapolo: inspiegabilmente, a mio giudizio, essendo un uomo perfino discreto, colto e benestante. L'altro, che era geometra e aveva una piccola impresa edile, una quindicina d'anni prima era stato mollato dalla moglie che gli aveva preferito un aitante ferroviere. Da allora, almeno stando a quanto se ne diceva in giro, non aveva avuto più nessuna. Dopo i convenevoli di rito – «Come va?», «Bene e voi?», «Sei sempre al Galilei?», «Godetevela, fin che siete giovani...», nemmeno fossero stati due vecchi decrepiti... – avevamo salutato e ci eravamo sistemate dove Diego ci aveva indirizzato poco prima.

– Com'è che il tuo prof è rimasto zitello?

– Per me è colpa della madre: una carabiniera! Pensa che, ai tempi, non ha nemmeno voluto che ci accompagnasse in gita! È morta da una decina d'anni, ormai... Però va anche detto che è uno che ti fa due palle! Melenso e lagnoso da morire!

– In effetti un po' la faccia ce l'ha, della lagna...

– Pensa che ha fatto il filo per un anno a una collega e quando è finalmente riuscito a portarla fuori a cena, le ha chiesto di fare "alla romana"...

– Ma no!

– Ma sì!

– Roba da non credere!

Vicino al carrello dei dolci, un cesto di vimini foderato di foglie di castagno traboccava di funghi porcini. Per due volte Carla, con scarsa discrezione, si era girata a guardare i tre commensali dagli occhi a mandorla.

– Sono di Nanchino: la loro ditta li ha mandati a impratichirsi su certi macchinari che hanno comperato dalla Mecof. Clienti fissi da una settimana... – ci aveva prontamente edotte Diego, divertito per la nostra malcelata curiosità – un attimo e vi porto il menù.

Dall'altro lato della sala una coppia aveva preso a litigare. Eppure erano due tipi così distinti... Magari erano amanti e lui non si decideva a lasciare la moglie per lei. O lei il marito per andare a vivere con lui. O, più banalmente, era sorto il problema di come gestire la suocera ormai troppo rincitrullita per stare da sola.

– Ma no, lascia stare il menù: son nostrani quei funghi?

– No, vengono dalla ex-Jugoslavia – «Mmm, anche loro» mi era venuto da pensare – ma non sono niente male...

– Allora, per me, crudi a fettine sul carpaccio di vitella, e di secondo al verde con la scaloppina. Tu che prendi, Carla?

– Carpaccio anch'io. Poi vorrei un primo: pappardelle col sugo di cinghiale.

– E da bere che vi porto?

– Fai tu, basta che sia di quello buono.

– Nebbiolo o bonarda?

– Nebbiolo, nebbiolo!

Diego si era diretto lemme lemme a consegnare le ordinazioni in cucina. In un batter d'occhio Viviana, la cameriera "storica" del

Roma, era arrivata con un'elegante bottiglia fregiata di uno stemma marchionale, inscritto in una sobria etichetta in forma di foglia di vite. L'aveva stappata e aveva versato il vino in due grossi calici, riservati alla clientela affezionata. Ne avevamo assaggiato un sorso, sbocconcellando la schiacciatina che qualche minuto dopo aveva fatto planare, ancora bollente, al centro della tavola.

– Ti è piaciuto il Salone?

– Mah, non saprei... c'era troppa gente. Però mi sono comprata un paio di libri interessanti.

– Se venivi ieri, facevamo un giro assieme. Non era nemmeno troppo affollato per essere sabato.

– Ero d'accordo di andarci con una collega nuova. Che, in quanto nuova, aveva lezione fino all'una.

– Peccato, avresti potuto conoscere Prini.

– E che ci faceva Prini al Salone?

– Boh? Dice che ci va tutti gli anni...

– Sarà venuto a trovare te.

– Sembrava anche più brutto del solito: era conciato come un signorotto di campagna inglese. Di settant'anni, però!

– Te l'ho detto che ti si fila! È che tu non mi dài mai retta!

– Bruttezza a parte, è un tipo di compagnia. Abbiamo chiacchierato un sacco. È risultato simpatico perfino a Gian Paolo: pensa che gli ha regalato anche un paio volumi. E abbiamo pasteggiato a champagne!

– Champagne? Al Salone? Ma dài!

– Eh sì! Proprio champagne. In formato mignon ma champagne!

– A dimostrazione del fatto che ti si fila!

I carpacci ce li aveva portati Diego in persona, seguito da Viviana con la bottiglia di extravergine, il piattino con gli spicchi di limone e un macinapepe alto quasi mezzo metro.

– Oggi sono andata alla Gaggina con mio padre.

– Ma sei matta? Cosa ti è girato?

– Volevo vedere Andro e la moglie…

– Sei proprio matta!

– Con la scusa del lillà: me l'hai fornita tu su un piatto d'argento!

– E come è andata?

– Niente di fatto: ha detto tre parole in croce. La moglie non capisce una mazza. Manco una sillaba, spiccica. Ha ragione mia madre: è proprio scialba!

– Chissà quel che ha patito…

– Un po' di tempo fa ho visto un servizio sulla guerra nell'ex-Jugoslavia: che gran casino!

– Lascia perdere: a me è pure toccato di farci un lavoro con i ragazzi, uno dei primi anni che sono passata di ruolo al liceo!

– Ma va'? E come mai?

– Questo carpaccio è eccezionale! Bisogna dire che Diego ha sempre carne di prima scelta. Se solo si decidessero a rammodernare la sala… Eh… Come mai… La collega di storia e filosofia aveva proposto al preside un approfondimento interdisciplinare per le quinte. Mi pare che sua madre fosse serba. O croata. O serbo-croata. Ad ogni modo era interessata al problema. Alla fine era venuta fuori anche una robina discreta: avevamo messo su una piccola mostra fotografica, nell'aula magna, con tanto di brossura fotocopiata…

Una giovanissima cameriera dai capelli di un rosso innaturale, e taglio asimmetrico, ci aveva tolto i piatti vuoti. Mi era caduto l'occhio sulle scarpe da tennis a paillette nere che portava ai piedi: un controsenso che meriterebbe un accurato studio antropologico. Poco dopo la Viviana aveva piazzato sotto i nostri nasi, rispettivamente, una porzione faraonica di pappardelle e un'altra, ugualmente generosa, di scaloppine, letteralmente sommerse dai funghi trifolati.

– Questa sera faranno almeno cinquemila calorie... Beata te che non hai problemi di linea!

– Anche tu, però! Tutta la settimana a dieta e poi ti strafoghi di pastasciutta! Potevi prenderti un secondo, no?

– Saranno dieci giorni che non mangio pasta. Mi fa un *pru*...

– Su, raccontami un po' qualcosa della guerra in Jugoslavia, che io non ne so quasi un belino.

– Sai che palle! A me la storia contemporanea ha sempre fatto schifo. Non è che mi ricordi poi molto. Così, a spanne, mi sembra che il nocciolo della questione fosse che a Tuzla, fatta passare come una città modello di convivenza multietnica minacciata dal terrore serbo, in realtà arrivavano vagonate di armi mandate dagli americani per rifornire l'esercito croato.

– Grossomodo quello che diceva il servizio di Rai Educational...

– Non deve essere stato un gran mistero, visto che l'avevano svelato perfino i miei tontolonissimi allievi, per quanto capitanati da quell'erinni della Berardi. Comunque, grazie ai sofisticati armamenti Usa, i croati ci mettono niente a prendersi la Slavonia serba, in barba all'Onu. Poi attaccano le zone della Croazia ancora sotto il controllo dei serbi, che in teoria avrebbero dovuto essere protette dalle forze internazionali. In pratica un macello.

– Che anni erano?

– 1995: l'anno prima della ricerca dei miei maturandi. Una cosa fresca, insomma.

– L'anno di Srebrenica, allora: lo so perché abbiamo pubblicato un libro-inchiesta di un professore di Milano. Ne abbiamo diverse casse invendute in magazzino. Dopo che l'ha adottato per l'esame non se l'è cagato più nessuno...

– Comunque, al friggere, la cosa interessante era che, in realtà, quei simpaticoni dei croati erano addestrati da militari americani e tedeschi. E che erano affiancati da truppe mercenarie statunitensi formate, fra l'altro, da soldati in "prepensionamento".

– Un modo come un altro per arrotondare la magra pensione statale… anche da noi gli operai in cassa integrazione sbarcano il lunario facendo *tapulli* e altri lavoretti nelle case…

Nel frattempo Carla si era spazzolata le pappardelle con voracità lupina, e stava meticolosamente facendo "scarpetta" onde evitare che anche la minima quantità di quel delizioso sughetto potesse avanzare. Alla fine il piatto era lindo e luccicante come quelli esibiti nelle pubblicità di detersivi da mariti premurosi alle proprie compagne incredule. Intanto era ricomparso Diego.

– Allora, tutto di vostro gradimento, belle signore?

– Meglio di così! Il tuo cuoco è un mago! Di' un po': hai cambiato pizzaiolo? Che fine ha fatto Aziz?

Il Roma è sempre stato noto per le sue pizze, ma il bello era che le faceva un pizzarolo egiziano. Aziz, appunto.

– Be', in otto anni si è fatto su un gruzzolo sufficiente per aprirselo in proprio un ristorante. Al suo paese, naturalmente. Così ho preso Ciro. Da un mesetto. Lui è proprio napoletano o giù di lì. Viene da Maddaloni. Ha lavorato un paio d'anni ai Quattro canti, ma si è rotto perché lo pagavano sempre in ritardo. E perché la cucina era sporca… Volete un dolce?

– Ci mancherebbe altro! Mi escono i funghi dalle orecchie…

– Io lo prendo. Ne avete ancora bunet?

– Poi ti lamenti che ingrassi…

– Ne deve essere rimasta qualche porzione. Vado a vedere. Tu niente allora?

– Vabbe', le farò compagnia con un ananas. Mettici su un po' di maraschino.

Scucchiaiando il suo bunet, Carla aveva ripreso il discorso.

– Comunque, quella guerra è stata un disastro. Povera gente…

– Povera gente… però a me Andro è parso un personaggio losco. Silenzioso, circospetto. Sembrava non vedesse l'ora che ce ne andassimo…

– E ci credo: sei piombata lì, a casa sua, a ficcare il naso. E con che scusa, poi: di questa stagione i lillà ce li hanno tutti. Io mi domando dove hai la testa.

– Ma anche tu mi hai detto…

– Che discorsi: all'epoca c'era lo Scianca che i miei lo conoscevano da una vita, mica un profugo slavo! Quasi quasi gli telefono io al tuo Prini, e gli dico di arrestarti così eviti di cacciarti nei guai! Roba da pazzi!

– Secondo te davvero mi sta dietro? Prini, intendo.

– Per me sì: ti telefona, ti invita a pranzo, ti viene a trovare a Torino… Non vedo altra ragione.

– Allora dimmi, che dovrei fare?

– Se non lo sai tu… Lo saprai se ti piace, no?

– Piacere piacere non direi. Solo che ci sto bene insieme. Insomma, mi andrebbe di conoscerlo meglio.

– Allora diglielo, no? Signor poliziotto, mi farebbe piacere approfondire la sua conoscenza… Ma guardi che il mio fine è solo quello di portarmela a letto.

– Dài! Non essere scema!

– Su, che scherzavo! Non so, magari potresti invitarlo tu a pranzo.

– E con che scusa?

– Nessuna scusa, la butti lì con nonchalance.

– Mica per altro, è che è così imbalsamato! Non vorrei farci una figuraccia…

– Ma che figuraccia… Nadia: siamo nel ventunesimo secolo!

– Sì, ma lui sembra che viva nell'Ottocento…

Diego ci aveva offerto due bicchierini di limoncello. Avevamo pagato in fretta ed eravamo uscite nel frescolino della sera. Il cielo era lustro come solo sa esserlo in certe notti d'inverno, e l'aria riusciva a profumare di fiori perfino a dispetto degli scarichi delle auto che transitavano veloci su quella strada trafficata. Il tempo di fumare una sigaretta e ci eravamo messe in macchina: l'indomani mi aspettava di nuovo la mostruosa baraonda del Salone, e già presentivo che, come ogni anno alla fine di quella pachidermica kermesse, Gian Paolo sarebbe stato di pessimo umore.

Diciotto

– Ha la fidanzata! Quello stronzo ha la fidanzata!

Luca aveva strabuzzato gli occhi. E c'era mancato solo un pelo che il vassoio da cui stava trasferendo le ciotole di salatini sul nostro tavolo finisse rovesciato, con tutto il suo contenuto, sul pavimento. Il locale era strapieno. Come ogni venerdì. Come sempre.

– Il traminer l'abbiamo finito a quanto pare. Se volete vado a vedere se è rimasto qualcosa in cantina, ma mi sa che era proprio l'ultima bottiglia.

– Lascia perdere, a me va benissimo anche l'arneis.

– Due allora.

– Ma ti rendi conto? Sono due mesi che fa il cicisbeo: e dottoressa di qua, e dottoressa di là, e dottoressa di su, e dottoressa di giù... Telefona due o tre volte alla settimana per dir solo cazzate, e farmi perdere un sacco di tempo, che tanto di letteratura non ne capisce un *belino*! E poi gli inviti a pranzo, lo champagnino...

– Non mi sembrava che ti dispiacesse.

– Ah! E mille salamelecchi da gagà che ormai più nemmeno nei romanzetti rosa: non smetterei mai di stare ad ascoltarla... e piripimpiripera, lei è proprio una persona speciale... e piripimpiripà. E alla fine che ti salta fuori? Che l'imbecille è fidanzato!

Luca si era avvicinato guardingo portando due grossi calici e li aveva appoggiati in silenzio sul tavolino ingombro di quella mezza cena che ormai dappertutto accompagna l'aperitivo. Evidentemente aveva capito che tirava una brutta aria. Anzi, pessima.

– Stai nei dintorni che mi sa che questo finisce presto...

Aveva sorriso, rassicurato.

– Ora, però, cerca di calmarti e spiegami per bene com'è andata.

– E come vuoi che sia andata? Ha la fidanzata, punto e basta!

– L'hai letto nella palla di cristallo o lo hai fatto seguire da un investigatore privato? Visto che non sei mai stata il tipo da maga di Tebe...

Mi aveva fatto ridere: Carla era riuscita a disinnescarmi un attimo prima che io dessi di fuori. Mi ero scolata il bicchiere d'un fiato.

– Ora ti racconto. Luca! Dove sei finito? Ce ne porti un altro?

– Arrivo!

Qualche minuto dopo era comparso con altri due bicchieri.

– Eccomi! E qui c'è anche un piattino di farinata bella calda.

Mi aveva guardato con indulgenza, i grandi occhi neri lucidi di curiosità.

– Tu sì che ci sai fare!

– Allora: mercoledì mi chiama verso mezzogiorno, prima mi fa una sviolinata per ringraziarmi di averlo portato a spasso per il Salone, come se non fosse stato capace di girarselo da solo, visto che ci va ogni anno. Che gli avevo fatto conoscere persone veramente interessanti, che ero stata un cicerone perfetto e *belinate* del genere. Poi mi riempie la testa di puttanate su non mi ricordo più quale film di un qualche regista giapponese, o coreano, che deve essere stato una pizza che te la raccomando. Alla fine mi fa: «Ha già qualcosa in programma per la pausa pranzo? Mangiamo un boccone insieme?».

– «Mangiamo un boccone»! Ma come cazzo parla questo? E tu?

– Niente: dovevo assolutamente finire un lavoro prima di sera per mandarlo in composizione. Ed ero in ritardo da matti. Così gli ho detto che quel giorno mi buttava male. E lui, pronto: «Domani, le verrebbe meglio?».

– Immagino che tu gli abbia detto di sì...

– Ovviamente, essendo io una perfetta idiota. Intanto dovevo comunque andare in centro, per far firmare un contratto a un tizio del conservatorio che ci fa una cosa sul melodramma. Insomma: ci diamo appuntamento per il giorno dopo al solito posto.

– Il "solito" posto?

– Ma sì, il bar in piazza della Vittoria dove avevamo pranzato qualche settimana prima! Comunque, l'indomani quando arrivo è già là che mi aspetta. Mi viene incontro e mi dice: «Ci mettiamo al nostro tavolo?».

– Il "nostro" tavolo?

– Quello della volta precedente. Quando te lo dico, che è scemo! Ad ogni modo, ci sediamo, ordiniamo, e lui comincia a fare il cascamorto, senza naturalmente smettere nemmeno per un momento di strafogarsi delle solite schifezze unte e bisunte che abitualmente trangugia: «La sua compagnia è veramente piacevole...» e ti inghiotte un crostone gorgonzola e pere. «Chiacchierare con lei è una boccata d'ossigeno dopo una mattinata passata tra le scartoffie...» e si sbafa un blocco di pâté formato famiglia. «Lo sa che il rosa le dona...»

– Che il rosa ti dona te l'ho sempre detto anch'io! Ma tu continui a vestirti sempre e solo di nero! Dimmi, bella, ti eri messa in ghingheri per l'occasione?

– Figurati! Avevo il solito tubino e una camicetta. Che per l'appunto era rosa. A farla breve, il commento sulla mia mise, debitamente condito da una charlotte all'albicocca, mi aveva definitivamente convinta a seguire il malaugurato consiglio di quella sobillatrice della mia amica...

– Grazie cara! Della sobillatrice non me l'aveva mai dato nessuno.

– Quindi, quando chiede il conto mi faccio coraggio e gli dico: «Dottor Prini, mi permetta di protestare...».

– Anche tu ti sei messa a parlare in quella cazzo di maniera?

– Si vede che è contagioso. «... mi permetta di protestare: è la terza volta che mi offre il pranzo. Dove la mettiamo la parità dei sessi?»

– Ma se hai sempre sostenuto che, se sei in compagnia di un uomo, al portafoglio non ci metti mano per principio!

– Scusa, non me l'hai detto tu di trovare un pretesto qualsiasi? Questo è il primo che mi è venuto in mente. Vuoi che ti racconti o no?

– Va' avanti, dài.

– A quel punto gli dico che mi avrebbe fatto piacere ricambiare, che conoscevo una trattoria carina, che si poteva organizzare, che so, per la sera successiva. Oppure per il sabato.

– E lui?

– Ha iniziato a bofonchiare che non era proprio possibile, che aveva dei problemi. Si vedeva lontano un miglio che avrebbe dato un braccio per smaterializzarsi di lì e rimaterializzarsi al sicuro, in Questura!

Piccolo peccato di omissione: avevo tralasciato di dirle che mentre avanzavo la mia poco originale proposta avevo appoggiato la mano sulla sua, appena appena, come distrattamente. E lui l'aveva ritratta in un lampo quasi lo avesse toccato una serpe...

– E così?

– Mah! Era imbarazzatissimo... Allora ho fatto finta di niente, ho buttato lì un «È lo stesso, sarà per un'altra volta» e mi sono alzata. Anche lui si è alzato, visibilmente sollevato. Ci siamo salutati e ognuno per i fatti suoi.

– Ci sei rimasta male?

– Figurati! Ci mancherebbe ancora! E poi era solo un tentativo, mica che ci avessi messo il cuore su...

Bugia madornale: in realtà ci ero rimasta malissimo! Ma proprio male male! Avevo fatto tutta via Venti come in trance: non riuscivo a capacitarmi di come avessi potuto prendere una cantonata del genere. Mi ero ritrovata in casa editrice quasi senza accorgermene, rimuginando su dove avessi sbagliato. E nei giorni successivi avevo continuato ossessivamente a chiedermi se forse ero io ad avere frainteso un comportamento che per lui era del tutto normale. Senza secondi fini, intendo. Avevo pensato e ripensato diecimila volte a tutte le circostanze in cui aveva detto o fatto qualcosa che potesse avermi indotto a credere che ci stava provando: le parole, gli atteggiamenti, le gentilezze, il tono di voce... li avevo ripercorsi col pensiero a uno a uno sviscerandoli nei minimi dettagli, analizzandoli meticolosamente per capire se davvero erano ispirati da un garbato gioco di seduzione, o invece ero io ad avere equivocato. Eppure, più mi sforzavo di ricordare ogni particolare, anche quelli insignificanti, più mi convincevo che era proprio così, che non potevano essere interpretati altrimenti. Insomma: a quarant'anni me la sarò ben fatta un'idea di come vanno 'ste cose!

– Non mi era mai capitato di *ceffare* così di brutto. Però tutto lasciava intendere...

– Guarda, per me non ti sei sbagliata. Da quello che mi dicevi era lampante che ti si filava...

– Forse non ero obiettiva: ci vuol poco a falsare la realtà. E ci sei cascata anche tu...

– A mio parere no. Penso che ti facesse davvero il filo. Ma che al momento di concretizzare si sia messo paura e abbia fatto marcia indietro. Finché si trattava di corteggiarti, e tutto rimaneva astratto, sospeso, bene. Quando però la faccenda rischiava di diventare esplicita, con quel che ne sarebbe conseguito, è scappato a gambe levate. È successa praticamente la stessa cosa alla mia collega nuova, quella con cui sono andata al Salone: l'anno passato, quando era al liceo di Tortona, c'era un collega che le stava dietro...

– Ma com'è che gli insegnanti si accoppiano sempre tra loro? Mai sentito parlare di esogamia? – avevo sibilato.

– Dev'essere perché abbiamo poche occasioni. O magari poche alternative... tante elucubrazioni a vuoto e niente palanche, se non scopiamo *inter nos* chi vuoi che ci si pigli? Vedessi il primo collegio docenti, quando arrivano i neo-trasferiti, oppure i supplenti: si registrano picchi ormonali da vertigini! Un allupamento generale... Comunque, 'sto tizio, di storia e filosofia, lì da quasi un decennio, ovviamente divorziato, ha cominciato subito a tampinarla. Aperitivi, pizza, le regalava libri di poesie giapponesi, sono andati a un concerto... Ma appena lei ha fatto un piccolo tentativo di passare a qualcosa di più, diciamo, solido... svanito nel nulla! In sala professori, dove era solito tenderle gli agguati più riusciti, non ci passava neppur pagato. A detta di lei, piuttosto, il registro se lo portava a casa... E nell'atrio sfrecciava che nemmanco il piè-veloce Achille!

– Così, a spanne, mi pare che la tua amica esageri un cicinino... – ero veramente girata di balle, ma girata che di più non si poteva.

– Dài! Volevo farti ridere un po', che hai una faccia da funerale! Ad ogni modo è così: non vogliono responsabilità. Tutto qui. Ha detto che non si sentiva pronto per un rapporto serio, che non intendeva iniziare una relazione che sarebbe potuta diventare importante, che lei non era una ragazza da prendere solo come un passatempo e fesserie del genere. Comunque, se ho ben capito, che il celerino sia fidanzato è solo una tua supposizione, giusto?

– Aspetta, aspetta: non è mica finita lì. C'è di peggio.

– Cioè?

– Allora, la mattina dopo vado in ufficio, faccio quel che devo fare, poi, verso la mezza, controllo la posta elettronica. Grosso modo come ogni giorno. E che ti trovo?

– Che ci trovi?

– Una mail di Prini in cui mi diceva qualcosa del tipo: «Cara amica, mi rincresce per quello che è successo ieri, sappia che la sento molto vicina ma da tempo nella mia vita c'è una persona…». Al friggere: lei si sente trascurata, vorrebbe delle cose che lui non sa darle e, giustamente, questo pezzo di cretino si sente in colpa e teme di ferirla, la povera disgraziata…

– Da non credere! Un vero deficiente! Certo che la tipa si sente trascurata! Questo farà lo stupido con tutte quelle che gli capitano a tiro! Faceva più bella figura a lasciar perdere, far finta di niente, e amici come prima.

– Sì, è pazzesco! Mille smancerie e poi ha la fidanzata!

– A proposito di fidanzati, Valerio quando torna?

Mi aveva chiamata all'ordine… Magari se lo avesse fatto un po' prima sarebbe stato meglio, così evitavo di cacciarmi in quel pasticcio sentimentale semi-clandestino…

– A novembre, se va tutto bene. Finché non collaudano il sistema operativo deve stare là fisso. Poi per un po' andrà avanti e indietro. Sono già sei mesi buoni che è su. Sai che palle!

– E tu non vai?

– Farò un salto per i primi di luglio. Una settimana. A me Hannover mi deprime. C'è sempre un tempo di merda. Quando sono andata a febbraio ha fatto tanto di quel freddo, ma tanto di quel freddo… Oh! Mai una volta che il Marocco, la Giordania, o l'Egitto abbiano bisogno di un ingegnere con un master in robotica! Sempre posti schifosi, gelidi e con una pessima cucina: Germania, Norvegia, Svezia…

– E lamentati! Io alla fine di giugno mi sciroppo l'ennesima maturità! E quest'anno ho una quinta d'asini calzati e vestiti…

Finito l'ultimo pezzetto di farinata ci eravamo precipitate, con notevole ritardo, in pizzeria, dove ci aspettavano gli altri. Sarà stata quella vagonata di roba di cui ci eravamo rimpinzate da Luca, sarà stato per via di Prini, ma quella sera non avevo per niente fame.

Diciannove

– Oggi porto la mamma a prendere il gelato da Matteo.

– Botta di vita, eh, pa'?

– Guarda, è una settimana che mi *mette a perdere*... E poi dice che vuole dimagrire...

– Tutti i torti però non ce li ha...

– Ma se siamo sempre in giro: ieri siamo andati ai laghi della Lavagnina!

C'è da dire che mio padre è un po' orso: a lui piace trafficare in garage, oppure dedicarsi al giardino e fare innesti, talee, margotte e altre diavolerie del genere. Non sempre con successo. Ma soprattutto adora andare nei boschi. Tutte le scuse sono buone: in autunno, prima per via dei funghi, dopo per le castagne e per le sorbe, poi c'è il pan di bosco per il presepe, e il pungitopo per Natale. Ma non è mica finita qui: a febbraio primule e violette, in primavera le giunchiglie, e in un batter d'occhio è di nuovo giugno e la stagione dei funghi, anche se meno profumati di quelli autunnali. Ad agosto trasferisce la sua attività in Val d'Aosta, dove i miei vanno da anni: funghi, naturalmente, che mette sott'olio, ma anche more, mirtilli e lamponi con cui fa quintali di marmellata, manco avessimo un asilo da sfamare. Anche mia madre ci va volentieri nei boschi e per i prati, ma preferirebbe di gran lunga alternare le uscite campestri magari con una passeggiata a Genova, nei *carrugi*, a guardare le vetrine. O al Porto antico, a prendere una cioccolata con panna seduta in un bar di fronte al mare. Mio padre però da questo orecchio ci sente poco, e gliela dà vinta una volta su venti. Come in questo caso.

– Trovare parcheggio sarà un bel problema! Figurati, la domenica, a Gavi, ci va il mondo intero! Chissà cosa ci trovano… Tu che fai?

– Oggi me ne resto a casa: prendo un po' di sole e aspetto Lupo che viene a vedere la madia. Guardo cosa mi prende per metterla a posto.

Il giorno prima ero andata a cercare Lupo in paese: deve essere rimasto l'unico in tutto l'Occidente progredito e consumista a non possedere un cellulare. Per cui, visto che il telefono fisso lo teneva quasi sempre staccato, l'unico modo di contattarlo era andarci di persona. In laboratorio non c'era, ed essendo assai poco probabile che avessi potuto trovarlo a casa, avevo provato a vedere se era al bar della SOMS. Era bastato occhieggiare fra i tavoli in ombra sotto il pergolato di glicine ed eccolo là, seduto a sorseggiarsi una birra direttamente dalla bottiglietta, con un paio di jeans sbiaditi tagliati sopra il ginocchio, una camicia a mezze maniche bianca sbottonata sul petto e dei ciabattoni infradito di cuoio.

Era sui quarantacinque-cinquant'anni e si poteva dire che era un bell'uomo: alto, ben messo, di carnagione scura, i capelli lunghi fin sulle spalle, generalmente raccolti in una coda o in un *muccetto* stretto alla base della nuca. Al lobo sinistro portava un piccolo orecchino d'oro, ad anello, e mai l'avevo visto se non con la barba di almeno tre giorni, come si dice, a pelo di gatto. Lupo non era il suo vero nome; si chiamava, mi pare, Giovanni, ma le ragioni di quel nomignolo si perdevano negli anni della sua infanzia. I genitori gli erano morti quand'era appena adolescente, così l'aveva allevato la zia, che stava dalle parti di Acqui. A diciotto anni, però, aveva abbandonato la scuola ed era tornato nella casa dei suoi, proprio nel centro del paese, per mettersi a fare il mestiere di suo padre, il falegname. A poco a poco si era specializzato nel restauro di mobili, prima soltanto vecchi, come la mia madia, poi anche antichi. Non aveva fatto corsi particolari, la sua era una dote innata, forse ereditata da almeno tre generazioni di artigiani del legno. Poi aveva cominciato anche a costruire pezzi nuovi, usando però parti di mobilia d'altri tempi, recuperata ai mercatini dell'usato o nelle case che i proprietari sgomberano per ristrutturarle o adattarle ai nuovi gusti, e alle nuove comodità.

Al banco avevo preso una lattina d'acqua tonica, con la cannuccia, dal momento che i gestori si scomodano a darti un bicchiere solo se ordini del vino, ed ero andata a sedermi davanti a lui.

– Vai ad acqua?

– Guarda, ho ancora sullo stomaco la pizza di ieri sera…

– Ti si vede di rado, in paese!

– Cercavo te. Sono passata dal laboratorio, e dato che era chiuso, ho pensato che potevi essere qui…

– Tutto bene?

– Insomma, *licche lacche*. Ho una vecchia madia dei nonni, in cantina. Vorrei rimetterla in sesto.

– Di che legno è?

– Non ne ho proprio idea.

– Roba bella o da quattro soldi?

– Saperlo! È verniciata in marrone.

– E tu come la vorresti?

– Be', naturale… senza vernice…

– Dài! Facciamo un salto da me, così vedi qualcosa e ci capiamo meglio.

Se solo Lupo lo avesse voluto, sarebbe diventato miliardario. Era tanto conosciuto e rinomato che aveva un mucchio di clienti. E mica solo sul territorio: venivano perfino da Milano e da Torino… Ma lui aveva scelto di lavorare il minimo indispensabile, quindi, appena aveva le ordinazioni sufficienti a farlo sopravvivere il resto del mese, basta, chiudeva bottega e se ne sarebbe riparlato il mese successivo. Gran parte del suo tempo lo passava a chiacchierare con i pensionati della SOMS o in giro per vigne e borghi a far fotografie: quel che restava dei mestieri di una volta, volti di contadini solcati dalle rughe dell'esistenza grama che avevano vissuto, la galaverna sui rami in un mattino di sole… Oppure a leggere; era appassionato di filosofia e, pur essendo un autodidatta, in quel campo poteva vantare una cultura e un'erudizione degni di un cattedratico. Dicevano anche che scrivesse, che cosa non si sa. Passava per essere anarchico, ma forse era solo per via della vita che faceva, una vita diversa da tutti gli altri, e del fatto che la gente, in linea di massima, tende a guardare con sospetto chi mostra atteggiamenti anticonformisti.

Come sempre, nel laboratorio regnava una confusione pazzesca: antine accatastate per ogni dove, cassetti ammonticchiati per terra, cornici dorate, specchi bruniti, due cassapanche una sull'altra, un grosso armadio barocchetto piemontese col suo comò, entrambi rovistati dai tarli. Alle pareti, in alto, una serie ragguardevole di crocifissi e di ex-voto, frammisti a quadretti e stampe raffiguranti Marx, Engels, Lenin e Bakunin. Sulla porta, una grande foto di Mao, affiancata da una più piccola di Ho Chi Minh. In mezzo al locale troneggiava una splendida credenza di radica in stile razionalista, anni venti o giù di lì.

– Che fine hanno fatto i Che Guevara?

– Li ho portati a casa. Ora è di gran moda e chiunque metteva il naso qui dentro mi asfissiava perché gliene vendessi uno…

– Quanti ne avrai? Una cinquantina?

– Più o meno, ma soltanto nove o dieci valgono qualcosa… Vieni di là.

Nel retro c'era l'ufficio che più che altro era una biblioteca: gli scaffali erano stracolmi di volumi, taluni antichi, la maggior parte semplicemente vecchi, oppure nuovi. Perlopiù erano libri di filosofia, ma in un cantuccio c'era una discreta collezione di prime edizioni di opere letterarie pubblicate fra la seconda metà dell'Ottocento e gli inizi del Novecento. Roba di cui senz'altro si erano frettolosamente disfatti eredi ansiosi di far piazza pulita delle memorie di una vita per rimettere presto l'immobile sul mercato. Si era seduto sulla scrivania e aveva aperto un grosso album con le foto dei suoi lavori, prima e dopo la "cura".

– Vedi, bisogna guardare cosa c'è sotto; se è un legnaccio, o se è mezzo marcio e già stuccato cento volte, non si può far altro che sverniciarlo, ripulirlo per bene, inserire se è il caso qualche tassello, stuccarlo di nuovo e riverniciarlo. Scegli tu il colore. Per esempio questa qui era proprio mal messa, ma è un mezzo cimelio: portata dalla Grecia dai bisavoli. Venuta bene, no? Un celestino come usava da quelle parti... Questa invece l'hanno voluta verde salvia; a me non è che dica un granché, però pare che adesso vada per la maggiore. Anche il classico bianco opaco non è male...

Guardavo passare le foto poco convinta.

– Magari il legno è buono e si può fare naturale...

– Uhm! Difficile. In zona le madie le hanno sempre fatte con roba andante, bastava che stessero insieme e facessero il loro uso. Che era quello di impastarci pane e tagliatelle, e di riporci quelle quattro pentole che avevano. Comunque non è detto. Dovrei vederla.

– Quando puoi passare?

– Quando ti trovo?

– Domani pomeriggio ti andrebbe bene?

– Faccio un salto per le quattro-quattro e mezza, allora.

Era arrivato poco prima delle cinque, su una Lambretta rimessa a nuovo che aveva lasciato vicino al cancello.

– Che schianto!

– Bella eh? Era di mio padre. Sarà rimasta in magazzino almeno vent'anni. Non ti dico la fatica a trovare i pezzi originali! Ci ho messo una vita. Non passa giorno che qualcuno non mi chieda se è in vendita…

– Prendi qualcosa? Una birra, un bicchiere di vino…

– Se mai dopo. Ora fammi vedere la madia.

L'avevo portato in cantina.

– Direi che non è proprio il posto migliore per tenerla.

– C'è da pochissimo, – mi ero scusata, quasi avessi fatto un torto a lui, non alla madia… – l'abbiamo sistemata qui quando si è ripulito il fienile per ristrutturarlo. Per ora è abitabile solo la mia camera, ma presto sarà finito anche il bagno e poi passerò alla cucina: verrà un cucinone! È lì che piazzerei la madia…

Da un tascapane di tela caki aveva tirato fuori qualche attrezzo del mestiere: una piccola pialla, una sgorbia, un paio di raschietti e qualche punteruolo. E subito si era messo a trafficare attorno al mobile, in silenzio.

– Che ne dici?

Come unica risposta aveva emesso un verso a metà fra il sospiro e il rantolo, da cui avevo dedotto che la mia presenza era sentita come inopportuna, se non d'ingombro.

– Capito. Ti lascio lavorare in pace – e me ne ero tornata a prendere il sole in giardino.

Mi aveva raggiunto più o meno tre quarti d'ora dopo, accomodandosi sulla sdraio.

– Ora un bicchiere lo prendo volentieri.

– Bianco o rosso?

– Dipende da cos'hai…

– Fresco c'è del cortese, se no…

– Di chi?

– Della Giustiniana.

– Aggiudicato!

Ero entrata in casa pregando che mia madre non l'avesse tolto dal frigo per far posto a dell'altro, ma per fortuna, almeno quella volta, aveva soprasseduto all'imperativo di metter ordine dove non era richiesto, che di solito l'assillava. La bottiglia l'avevo fatta stappare da lui, nel frattempo ero andata a procurarmi due bicchieri decenti e il sacchetto dei grissini. Ovviamente, in dispensa non avevo trovato nient'altro di sfizioso: mamma si era rimessa per l'ennesima volta a dieta, e questo voleva dire che qualsivoglia tentazione doveva essere bandita per tutta la famiglia Morbelli. Compresi eventuali ospiti, a prescindere se si curassero o meno della propria forma fisica.

– Allora?

– Mmm! Niente male!

– Non il vino! La madia!

Una mezza risatina gli aveva increspato il volto abbronzato, appena segnato da rughe sottili.

– Non è male nemmeno la madia: pensavo peggio…

– Quindi?

– Quindi, se proprio ti sei intestata con il legno "naturale", come lo chiami tu, volendo si può fare. Solo ci si mette un pochino di più. È piena di stucco: bisogna toglierlo e inserire dei tasselli. I due piedini dietro sono belli marci, e vanno rifatti di sana pianta, così come lo scheletro dei due cassetti e il ripiano interno. Ah, *mappe* e cerniere son da buttare: vedrò come sostituirle. Magari ne trovo qualcuna di recupero.

– Bella la credenzina in radica che hai in laboratorio! È in vendita o ha un legittimo proprietario?

– È dei Bruzzo. Un pezzo di Terragni. Praticamente un capolavoro.

«Ecco che ti rispunta fuori l'Amedeo...»

– Avevo sentito che è un uomo di gusto...

– È un fascista di merda. In realtà ho accettato il lavoro solo perché me l'ha chiesto quella povera crista di sua moglie. Quando è morto mio padre ci aveva aiutato. Ma con l'avvocato meno ci ho a che fare meglio è.

– Che ti ha fatto?

– A me personalmente niente.

– E allora?

– Diciamo che mi sta sulle palle e basta. Gentaglia...

Le labbra sottili si erano arricciate in una smorfia eloquente. Si era acceso una Gauloise senza filtro con uno Zippo sgangherato che mi aveva passato perché accendessi anch'io. Intanto avevo di nuovo riempito i bicchieri. Naturalmente ero curiosa da morire, ma mi spiaceva sembrare impicciona. Così l'avevo presa alla larga:

– Eppure passa per essere un signore; quelli che lavorano da lui li tratta benone, dicono...

– Su questo non ci piove. Specie se sono della sua risma...

– Cioè?

– Non penserai mica che tutti quei croati se li sia presi per filantropia, no?

– Be', buona manodopera a basso prezzo...

– Sei proprio ingenua...

– A questo punto mi spieghi!

– Se proprio ci tieni... Tanto a quei tempi non ero l'unico a essersela *intagliata*. Solo che gli anni passano e la gente si scorda. E tutto finisce nel dimenticatoio. All'epoca ci bazzicavo spesso alla Gaggina, ovviamente per lavoro...

– Quale epoca?

– Una decina di anni fa. La marchesa mi aveva chiesto di restaurare la sala da biliardo, ma dovevo farlo sul posto, un po' perché muovere un biliardo è sempre un casino, poi perché i mobili sono tutti a muro, e smontarli diventava un lavoraccio. Praticamente una stanza rivestita di pannelli di legno intarsiato: qualcuno soltanto di figura, ma i più fungevano da ante per armadi a muro, ripostigli, vetrinette. Un mazzo che non ti dico. Per di più era estate e faceva un caldo dell'accidenti... Comunque un giorno la domestica mi chiede di aiutarla a spostare un mobile nello studio dell'avvocato, per vedere se sul muro, dietro, c'era un'infiltrazione d'acqua dal bagno del piano di sopra. Troppo pesante: allora va a chiamare il marito nell'orto. Io mi guardo un po' attorno, sbircio fra i libri appoggiati sopra il trumeau e mi cade l'occhio su delle buste pronte per essere spedite: tutte a Tuzla e dintorni.

– Dunque...?

– Ma non capisci? C'era la guerra! Secondo te è normale che uno conservi o intavoli rapporti di corrispondenza in situazioni del genere?

– Magari per via dei suoi lavoranti...

– Brava! E ti pare normale che in mezzo a quel pasticcio persone come Miran e gli altri suoi soci se ne facessero tranquillamente avanti e indietro dalla Croazia?

– Tanto normale no... tu che idea ti sei fatto?

– Che Bruzzo facesse uscire gente compromessa. Insomma, tra fascisti ci si dà una mano, giusto?

– Giusto.

A quel punto erano tornati i miei, e la discussione si era chiusa lì. Mamma aveva fatto gli onori di casa offrendogli degli amaretti che teneva nascosti non si sa dove, la vigliacca! Poi si era persa in convenevoli, informandosi dello stato di salute di certi suoi parenti che io neppure conoscevo. Papà aveva approfittato per chiedergli consigli sullo stucco da usare per le persiane, che avevano bisogno di una rinfrescata. E intanto si erano fatte le sette: i raggi inclinati del sole filtravano ormai debolucci fra la densa chioma del tiglio, chiazzando di macchie dorate il selciato. Accomiatandosi, Lupo aveva promesso che sarebbe tornato in settimana a prendere la madia. Non dovevo aver fretta, però. Prima c'era da finire la credenza della marchesa. I Bruzzo: sempre fra i piedi!

Venti

Il lunedì, prima di rientrare a casa, ero passata da Anna. Diciamo una visita di cortesia… Anche dettata dal fatto che avevo un po' di tempo libero e nessuna voglia di dedicarmi a quelle faccende domestiche che mia madre avrebbe considerato un dovere prioritario. L'imperativo categorico di kantiana memoria! Erano solo le sei e Giorgio non era ancora tornato dal lavoro. Da ospite perfetta, forse un tantinello frustrata per le rade occasioni di vita sociale, aveva aperto una bottiglia di prosecco e ci eravamo messe sul divano a chiacchierare, spilluzzicando salatini. Il bimbo, pacifico, ottenuta la sua razione, se n'era andato in camera a colorare un album che raffigurava gli animali del *Libro della Giungla*. Di lì a pochi giorni sarebbero partiti per una breve vacanza, l'ideale per ritrovare un po' di serenità.

– Dove andate?

– Corsica: in questa stagione non dovrebbe essere ancora troppo affollata…

– Avete prenotato?

– Sì, sì… sai, Giorgio detesta gli imprevisti. Tutto deve essere pianificato. Abbiamo trovato un residence a Propriano con la spiaggia privata e la piscina. Con il bambino… non si sa mai… ci fosse il mare brutto…

Che a Giorgio piacesse pianificare non mi stupiva, pignolo com'era. E il residence sarà sicuramente stato un mega complesso a cinque stelle con sauna, centro fitness, tennis e via dicendo. In realtà la invidiavo, avevo una gran voglia di mare anch'io. Poi il discorso era caduto sui mille problemi della routine di ogni giorno: mettere insieme casa, lavoro e famiglia, fare la spesa, ritagliare qualche scampolo di tempo per gli affetti più cari, coltivare i propri passatempi, leggere, noleggiare un film, andare in palestra… Il mio sguardo si appoggiava distrattamente sui soprammobili disposti con maestria sul tavolino basso di fronte a noi: un vaso Lalique dalle forme vagamente liberty – «quello dev'essere costato uno sproposito» avevo pensato – un picchio Swarovski con tanto di tronco da perforare, in cristallo pure lui, piccoli ammennicoli d'argento. Dietro ai vetri di un bel mobile dell'Ottocento inglese, come tanti soldatini, una quantità infinita di calici di ogni foggia e misura, tutti con una sobria decorazione in oro. Sicuramente Baccarat. Mi annoiavo da morire!

A volte mi ritrovo a pensare come si fanno a vivere certe vite: monotone, ogni giorno uguale all'altro, punteggiato qua e là da qualche soddisfazione più o meno effimera, diversa, a seconda delle condizioni economiche: l'acquisto di un pezzo d'argenteria, di un abito, o di una borsa firmata. Magari di un'auto nuova superaccessoriata, di un telefonino. Oppure le ferie in una località alla moda. Forse ha ragione mamma, quando dice che sono irrequieta, che non mi accontento mai. Forse, semplicemente, non mi so rassegnare a essere diventata adulta, anch'io come Anna e tutte le altre donnine perbene sulla quarantina, con marito, figlioletti e un'esistenza pigramente "normale". O forse perché io marito e figlioletti non ce li ho. Né li vorrei.

– Poi, sai, quando riesco a venir via dall'ufficio alle cinque è un lusso. Capiterà al massimo una volta alla settimana, se va bene. Meno male che dalle suore il bambino me lo tengono finché non lo passo a prendere, fossero anche le sette. Negli asili pubblici invece…

Improvvisamente, avevo visualizzato l'immagine di suo figlio, in braghette a mezz'asta e colletto inamidato, durante la ricreazione in un comunissimo asilo. Ed ero rabbrividita...

– Con tua madre, almeno, avevi un aiuto in più.

– In effetti tornare a casa e non doversi preoccupare della cena era una gran cosa. La mamma cucinava da Dio. Aveva tanti difetti, ma ai fornelli... Comunque non sarebbe rimasta qui ancora per tanto.

Quell'affermazione buttata lì per caso aveva d'incanto riacceso la mia attenzione ormai sonnacchiosa.

– Sì, me l'hai detto che c'era qualche problemino.

– Problemino? Una tragedia! E mica solo per noi: anche lei non ci si trovava in città. Era abituata alla campagna: in cascina, sempre dentro e fuori, l'orto da tenere, le rose da potare... Qui usciva pochissimo. Faceva fatica a salire sull'autobus. E poi per andare dove? Giusto a messa il sabato pomeriggio.

– Voleva tornare al paese?

Per un attimo, solo per un attimo, mi era passato per la testa che intendessero scaricarla in una casa di riposo extra lusso, anche se dubito che la Marinin si sarebbe mai adattata. Figuriamoci, non era certo il tipo... E poi la casa di riposo avrebbe finito con l'andare in malora in tempi brevi, abbandonata di gran carriera da vecchiette e vecchietti vessati da quella gran marescialla dell'ordine degli scassacazzi. No, era un'ipotesi del tutto fantasiosa. Anzi, fantascientifica.

– A dire il vero non si era ancora deciso niente di definitivo. Riguardo ai tempi, intendo. In realtà è capitato tutto così in fretta... A febbraio è mancato mio zio, il marito della sorella di mio padre.

– La Rosina? – «Quella della capretta» mi ero detta fra me, ricordando i tristi casi di quella famiglia disastrata.

– Sì, Rosina, che adesso è rimasta sola anche lei: la figlia abita a

Livorno, e non ha certo voglia di prendersela in casa. Peraltro non penso che neppure mia zia, alla sua età, abbia idea di trasferirsi. E con il genero i rapporti non sono mai stati una meraviglia... Così mia madre aveva pensato che potevano farsi compagnia. D'altronde la cognata era l'unica che riusciva a sopportarla. E qualche volta a tenerle testa. Poi, benché abbia sette anni più di mia madre, ha sicuramente meno acciacchi di quanti ne avesse avuti lei: è una donna ancora in gamba... energica...

– Però due donne anziane, sole... La cascina un po' fuori mano lo è... ti saresti fidata?

– No, non in cascina. Sarebbe andata a stabilirsi dalla Rosina. Ha sempre abitato in paese, lei. Proprio di fronte alla fermata delle corriere.

Eh già, non capita a tutti di trovarsi materializzati nel portafoglio i denari giusti giusti per comprare un bel casolare. Evidentemente il mercato clandestino di latticini e olio santo non tirava poi molto. Almeno non quanto quello degli schioppi regali.

– Senza dubbio era la soluzione ottimale... E la cascina? Della cascina che ne fate? La tenete o intendete venderla?

– Mah... Non è che se ne sia ancora parlato... Però... A me la vita di campagna non è mai piaciuta, e a Giorgio ancora meno. Mio fratello, poi... figurati! Ci andava il meno possibile, giusto per vedere mamma... La cosa più sensata sarebbe venderla, così Giovanni potrebbe finalmente comprarsi casa a Milano, che abita in affitto. Adesso comunque non è certo il momento più adatto... il mercato immobiliare è in piena crisi, soprattutto nella nostra zona.

Sicuramente quella era l'opinione del marito, desideroso sì di liberarsi di una scomoda comproprietà, ma anche di lucrarci al massimo. Che tristezza! La casa che era stata per i Merlo il sogno di una vita trasformata nel progetto di una speculazione oculata, e il suo ricavato pronto per metà a rimpolpare un conto in banca di per sé già abbastanza pasciuto, per l'altra a essere investito in un appartamentino in qualche squallida periferia dell'hinterland milanese... Era arrivato Giorgio: le otto! Dovevo proprio andare...

In camera, mentre mi levavo il tailleur, mi era caduto l'occhio sulla boccetta di smalto per unghie posata sul comodino; chissà come aveva fatto a finire lì... Sull'altro comodino c'era ancora la tazza del tè che mi ero fatta la sera prima, di ritorno dal paese, per sorbirmelo mentre finivo di leggere il libro di favole africane che mi aveva regalato Carla per Pasqua. Il quale giaceva aperto sul parquet, essendomi venuto sonno quasi subito. Che casino!

Avevo appena iniziato a cercare di riordinare quando si era messo a vibrare il telefonino che avevo depositato sul comò: era Valerio. Su faceva un freddo porco e le grane si moltiplicavano col passare dei giorni. Era un po' stufo del clima e del lavoro. Diceva che gli sarebbe piaciuto tanto che fossi là con lui. Nel mentre, con la mano libera, avevo iniziato a mettere a posto abiti, tazza e smalto. Poi ci eravamo salutati. Di farmi la trota, che ancora giaceva congelata nel freezer, non se ne parlava nemmeno... Troppo tardi... L'insalata col tonno sarebbe andata benissimo: ero stanca morta!

La sera dopo, verso le nove, mentre stavo rimestolando i piselli con le seppie, attenta che non mi cuocessero troppo, era squillato il telefono: era Lupo che mi aggiornava sui tempi previsti per il restauro della mia madia. Parevano prospettarsi più brevi di quanto era stato preventivato. Mi aveva preso in contropiede: se me la restituiva troppo presto andava a finire che dovevo di nuovo parcheggiarla in cantina, in attesa che idraulico e imbianchino si decidessero a darsi una smossa e terminare la cucina. Avevo risposto un po' secca:

– Ah sì? Come mai?

– Puro caso. Oggi sono andato a curiosare fra le robe di una casa che stanno sgomberando... A volte ci sono cosette interessanti belle e pronte a prendere la via della discarica: la gente, spesso, mica glielo sa dare il giusto valore agli oggetti. Insomma, buttano via una madia che è sì mezza marcia, ma ha ancora qualche parte buona. Le *mappe*, ad esempio. Quindi un problema è risolto.

– Bene! – avevo ribattuto poco convinta, fissando sconsolata una montagna di maglie da lavare – E chi è che sbaracca in paese?

– Non in paese, a Carpeneto. La cascina dei Merlo. Lo sai, no, che qualche mese fa è morta la Marinin?

Lo veniva a dire a me, che me l'avevano ammazzata sul ballatoio! Ero rimasta interdetta.

– Sì, ho saputo. Ma non pensavo che volessero vendere la casa. Non ora... non subito, intendo.

– Be', subito... un po' di tempo è passato... giusto per non farci la figura degli avvoltoi, o dei duri di cuore. Comunque, se non ci vanno ad abitare, tanto vale venderla. Le case abbandonate mettono sempre una tristezza!

A rischio di passare da maleducata, avevo tagliato corto. Intanto Lupo era un tipo di poche parole. Soprattutto al telefono. C'ero rimasta di merda: bella stronza, la Anna! Ha proprio ragione Carla quando dice che è una gattamorta. L'altro ieri aveva fatto la scena dell'indecisa, con la faccina dispiaciuta: non sappiamo ancora... si vedrà... per adesso è solo un'ipotesi... E intanto la casa era già bella che svuotata. O quasi. Magari l'avevano perfino venduta... Che le costava dirmi la verità? Anche perché in paese le voci fanno presto a girare. Se non me l'avesse spiattellato Lupo, nel giro di pochi giorni lo sarei venuta lo stesso a sapere dalla Carla, o da mamma. Vatti a fidare della gente! Specie di quelle che si fanno schiattare la madre sotto il naso, mentre se la stanno sgodazzando al sole in Provenza!

Ventuno

Che sfiga, però, la Marinin! Sembrava che per lei le cose si stessero mettendo finalmente nel giusto verso: in un colpo solo si toglieva di torno quella rompiballe della figlia, il genero supponente, il nipotino-mummia e se ne tornava al paese, con una cognata simpatica e le solite facce conosciute con cui questionare... E proprio sul più bello, non te la vanno ad ammazzare?

Quel pensiero mi aveva accompagnato per i due giorni seguenti, dapprima in sordina, a far da contrappunto ai mille altri accidenti che avevo per la testa, Prini compreso. Poi in maniera sempre più insistente, riaffiorando con tenacia appena distoglievo la mente dalle solite, banali rogne quotidiane. In fondo non c'era nulla di strano: quante volte nella vita va tutto a carte quarantotto esattamente quando ogni cosa sembra prendere la giusta piega e risolversi per il meglio... Anzi, è quello che succede nella maggior parte dei casi: uno crede di essere arrivato e deve ricominciare da capo. Oppure muore. O lo pianta la moglie. O il marito, che è la stessa cosa. Si perde il lavoro appena la banca ha concesso il mutuo, ti sfasciano la macchina quando ti restano ancora un bel po' di rate da pagare... Finisce sempre così. Se non sempre, spesso. È uno degli argomenti privilegiati dei servizi di coda dei tg: dopo anni di fidanzamento e sacrifici infiniti due giovani sposi si schiantano in una località esotica, meta dell'agognato viaggio di nozze...

Eppure qualcosa non quadrava. No, al contrario: quadrava benissimo, fin troppo bene! Finché la Marinin se ne stava a Genova, cioè fuori dai coglioni, nessun problema. Ma nel momento in cui all'orizzonte si era profilata la possibilità di un suo ritorno a casa, o nelle immediate vicinanze, ecco che viene tolta di mezzo. In effetti, era una cazzata madornale, ma non riuscivo a smettere di rimuginarci su. Tanto valeva approfondire un po' la cosa, così mi sarei definitivamente messa l'anima in pace. Almeno, questo era ciò di cui volevo si convincesse quella porziuncola raziocinante del mio cervello, così si tacitava e mi lasciava libera di portare avanti le indagini in pace, senza ricordarmi in continuazione – come avrebbe fatto Prini, come faceva Carla – che la mia era una fissazione da paranoica.

Innanzitutto, ero proprio sicura che in giro si sapesse dell'imminente trasloco della Marinin? Ad esempio, io ne ero venuta a conoscenza dopo mesi, e per un purissimo caso... D'altra parte la Rosina ne doveva aver parlato di sicuro, chessò, al negozio, con le amiche: l'arrivo in pianta stabile della cognata – e che cognata! – a casa propria non è certo cosa di tutti i giorni, come dire, normale amministrazione. A chi potevo chiedere? A Carla no di sicuro: intanto se le fosse arrivato all'orecchio me l'avrebbe detto certamente, con tutti i discorsi sulla Marinin che s'erano fatti assieme. E se le avessi domandato di informarsi in giro, ovviamente con circospezione, avrebbe iniziato la solita solfa: che ero fissata, ossessiva, maniacale e altri epiteti di tal fatta. Poi avrei dovuto spiegarle il perché mi era venuta questa curiosità e lì eran guai seri, dal momento che non lo sapevo bene neanch'io. Avrei potuto provare con mia madre, anche se lei, quanto a *ceti*, non valeva un fico secco. Però potevo usarla come testa di ponte per arrivare alla conventicola domenicale della Luisa, il centro di produzione e propagazione del pettegolezzo più attivo dell'Ovadese: figurati se quelle non sono aggiornate in merito agli spostamenti veri o supposti di chicchessia nel raggio di chilometri! Ma come abbindolare mamma senza insospettirla?

Dopo aver arzigogolato ipotesi una più scema dell'altra, avevo infine escogitato una macchinazione niente male. L'idea era quella di giocare d'anticipo. Sarei stata io a darle la succulenta notizia che la Marinin si sarebbe dovuta trasferire dalla Rosina: se ne fosse già stata al corrente, non avrebbe fatto altro che freddarmi con un «ma se lo sanno perfino le pietre!». In caso contrario avrei solluccherato l'orgoglio materno offrendole su un piatto d'argento l'opportunità di essere lei, una volta tanto, il pusher di un *ceto* fresco fresco da spacciare alle amiche attempate. Idea a dir poco geniale! Mefistofelica. Per essere certa che il piano riuscisse era meglio che andassi dai miei il venerdì sera, così a cena avrei avuto modo di intortarla per benino, quella santa donna, anche perché col bel tempo spesso la Luisa riceve pure di sabato. Immancabilmente alle due, due e mezza del pomeriggio, e in quel caso i tempi del pranzo sarebbero stati troppo stretti per tessere adeguatamente le mie trame.

– Ok, domani parto alla carica.

Avevo pronunciato la frase a fior di labbra, come per dare consistenza alla decisione presa, mentre cercavo di liberare un mazzo di asparagi da quei diabolici elastici che li tengono assieme: l'acqua in cui sarebbero dovuti cuocere, rigorosamente in piedi, sobbolliva già da almeno mezz'ora…

L'indomani alle sette e mezza ero già su, a fare il mio ingresso trionfale in cucina con in mano un sacchetto di verdure prelavate, pronte a essere scodellate nel piatto. Mia madre era esterrefatta.

– Come mai così presto? Arrivi sempre alle otto passate… E poi non dovevi venire domani?

Papà aveva appena tirato su gli occhi dal giornale aperto sul tavolo: dallo sguardo che mi aveva lanciato sopra gli occhiali trapelava un leggero fastidio per dover interrompere la lettura e iniziare ad apparecchiare.

– È che in ufficio ho finito presto, allora ho pensato che, se ero già qui, domani avrei potuto farmi una bella dormita.

Aveva smesso per un attimo di tagliare le patate a tocchetti e mi aveva fissato preoccupata.

– Ma di lavoro ne avete, vero?

A mia madre, di tanto in tanto, veniva la fobia che io finissi col restare disoccupata. Ovviamente la prima opzione era che avvenisse per colpa mia: troppi ritardi, un abuso indiscriminato delle ferie, negligenza... Ma talvolta le passava per il capo anche che la casa editrice potesse fallire. Niente di più facile, dal momento che assumeva individui come me.

– Fin sopra ai capelli! Visto che ogni giorno arrivo a casa dopo le sette e, di regola, dovrei uscire alle cinque... Per una volta che il capo rispetta l'orario, che vuoi fare? Una vertenza sindacale al contrario?

La tavola era ormai preparata: anche quella sera, come sempre, si poteva mangiare "giusti". Non avevano ancora finito di ingoiare il primo cucchiaio di taglierini in brodo che la notizia era stata divulgata, guarnita degli opportuni dettagli amplificati ad arte:

– La sapete l'ultima? La Marinin era lì lì per tornare in paese, quando ha fatto la fine che ha fatto.

Quattro occhi mi avevano fissato incuriositi.

– Figurati! E chi te l'ha detto?

Mmm... Mamma non sapeva un bel niente. Restava da scoprire se era una carenza sua oppure veramente ne erano a conoscenza soltanto in pochi. Magari la Rosina era una specie di sfinge e della futura coinquilina non aveva fatto parola con nessuno. Ma se qualcuno ne aveva avuto notizia, anche solo di sfuggita, la Luisa aveva certamente avuto modo di intercettare quell'informazione succulenta.

– La Anna. Ci sono passata in settimana.

– Povera ragazza! Meno male che ha Giorgio e quell'angioletto di bambino.

Tanto per sottolineare che io non ce li avevo. Io mi ero messa con uno sempre in giro per il mondo a progettare marchingegni che non si riusciva nemmeno a capire a cosa servissero. E che dunque lei non riusciva a spiegare con adeguata competenza alle sue amiche. Un po' come me: praticamente due soggetti inesistenti, almeno sotto il profilo della conversazione. Lì per lì mi era venuto da dirle che la sua adorata Anna, miss perfettina, si stava vendendo la casa dei suoi con i medesimi ancora freschi di funerale... Ma mi ero subito morsa la lingua. Non mi andava che iniziasse a circolare una voce frutto di un'involontaria confidenza di Lupo. Avevo addentato con soddisfazione suprema un ciccioso rapanello. Papà, che stava affondando il cucchiaio nel brodo reso denso e sfilaccioso da un'abbondante porzione di parmigiano grattugiato, mi aveva guardato con un'espressione sorpresa:

– Ma se la sentiva a star da sola in quella casa così grande? E lontano da tutti?

Con aria saputa, mi ero messa a sgranocchiare una succosa costa di sedano.

– A quanto pare doveva andare dalla Rosina, che è rimasta vedova da poco.

A quel punto si era prodotto un incontenibile vortice genealogico che aveva ripercorso le vicissitudini famigliari di quel poveretto del morto risalendo almeno fino alla Seconda guerra d'Indipendenza. E come al solito mi ero persa quasi subito nel complicatissimo groviglio di parentele che i miei snocciolavano con una scioltezza degna di miglior causa, mentre io, rassegnata, ruminavo la mia insalata. Stavano ancora continuando, con il parlottio di un programma cretino di sottofondo, quando me ne ero andata a dormire. Mamma aveva sostituito il piumone con un carinissimo copriletto jacquard sul violetto, saltato fuori non si sa bene da dove. Carino sì, ma troppo leggero. Così ero andata a prendere un plaid nel loro armadio: coccolata dal suo teporino mi ero addormentata quasi subito.

L'indomani mia madre era andata alla convention di babbione in versione pre-festiva armata di un bel pacchetto di baci di dama, autentico fiore all'occhiello della produzione del forno locale. Io ero rimasta a prendere il sole in giardino, con mio padre impegnato in un andirivieni continuo fra la cantina e il garage. Sembra impossibile ma ha sempre una quantità impressionante di cose da fare: da aggiustare, da smontare, da rimontare, da saldare... Non vedevo l'ora che tornasse mamma.

Finalmente per le sei era ricomparsa, accompagnata dalla Ines, la sola del gruppo a essere patentata e automunita. Si era immediatamente fiondata in casa a cambiarsi – perché per andare dalla Luisa si mette sempre in ghingheri –, poi era riapparsa con il cesto della biancheria da stendere:

– Non sei uscita con la Carla oggi?

– È andata al matrimonio di una cugina – dentro di me pregavo che non mi chiedesse chi fosse, perché non ne avevo la più pallida idea.

– Sei sempre sola: certo che se ti trovavi uno normale...

Uno "normale" vuol dire grossomodo uno come Giorgio, uno che ti sposa, fa figli e lavora vicino casa. Non avevo raccolto la sfida.

– Vieni che ti do una mano.

Stavo sulle spine: da un lato ero curiosa di sapere se le amiche erano informate del progettato ritorno della Marinin in quel di Carpeneto, dall'altro non glielo volevo chiedere direttamente, per non dar troppa importanza alla cosa. Le passavo le mollette una a una mentre sulla corda si alternavano camicie, camicette, mutande, calzini… Niente! Aveva la bocca cucita. Appeso l'ultimo tovagliolo, era rientrata a preparare la cena. Le ero andata dietro come un cagnolino. Mi aveva messo a sgranare i piselli. Una montagna.

– Esci stasera?

– Dopo mangiato. Forse andiamo al cinema.

– Poi ci vai da Valerio?

– A luglio. Non ho ancora deciso se la prima o la seconda settimana. Più facile la prima.

A tavola, ormai esasperata, con al centro la terrina incandescente di spezzatino che emanava vapori come un vulcano pleistocenico, mi ero fatta coraggio ed ero entrata in argomento, prendendola molto alla larga:

– Che si dice di bello dalla Luisa?

Mio padre aveva emesso un flebile grugnito, terrorizzato di doversi sciroppare tutti i pettegolezzi del circondario.

– Niente di particolare; si sposa il figlio della Lina. Con una di Serravalle. Fa l'infermiera.

Aveva preso a scodellarci nei piatti copiose razioni di carne con i piselli. Il profumo era invitante. Prima che iniziasse la tiritera matrimoniale, con accurate delucidazioni sul luogo della cerimonia, scelta del ristorante e numero abnorme degli invitati, avevo finalmente formulato la domanda fatidica:

– E la Rosina? Si è ripresa dopo la morte del marito? Peccato per la Marinin, le avrebbe potuto tenere un po' di compagnia…

– Eh sì… Pensa che la Luisa mi ha detto che i preparativi erano già avanti, quando è mancata. La Rosina, per la cognata, aveva perfino già fatto imbiancare la cameretta della figlia, che poi è il vano più luminoso della casa, e dà proprio sulla piazza del Comune.

Me lo immaginavo: l'imminente ritorno della Marinin era di dominio pubblico. E come poteva essere altrimenti, in un paese dove l'impicciarsi dei fatti altrui è il passatempo più diffuso? Nel frattempo mamma si profondeva in dettagli sempre più minuziosi: un vecchio letto in ferro battuto pronto per essere montato, il tipo già contattato per portare su da Genova biancheria ed effetti personali (che poi altri non era se non il cugino di un cugino), l'idea di ricavare un secondo bagno con la doccia, visto che a entrare nella vasca da bagno le signore iniziavano ad avere qualche difficoltà... Avevo smesso di ascoltare da un pezzo, dal momento che quello che volevo sapere alla fine l'avevo saputo. Però fingevo di essere attentissima, costellando il discorso di mamma con continui «Davvero?», «Però...», «Ma va?». Fino a quando non era arrivato il caffè e il momento di alzare i tacchi.

Avevo posteggiato la macchina in centro a Ovada con una buona mezz'ora d'anticipo, così mi ero messa a girovagare per le vie deserte attanagliata da un'insolita inquietudine. Le grosse lastre della pavimentazione risuonavano sotto i miei tacchi, e le facciate prospicienti la strada producevano un surreale effetto-eco. Avevo incrociato soltanto tre ragazzotti col cappuccio della felpa tirato su, nonostante portassero tutti il cappellino con la visiera. E adesso? Va bene, tutti sapevano che la Marinin sarebbe andata a stare dalla cognata. Ma quale relazione ci poteva essere con la sua morte? A meno che l'assassino non fosse un sicario prezzolato dalla Rosina ansiosa di liberarsi di un'ospite invitata troppo avventatamente. Che gigantesca idiozia! Ero di nuovo al punto di partenza.

Ventidue

Quella sera proprio non c'era verso di dormire. Dopo essermi inutilmente voltolata fra le lenzuola per più di un'ora, mi ero alzata e avevo iniziato ad aggirarmi per casa traslandomi insonne da un divano all'altro, con brevi soste in cucina, davanti al televideo che emanava la sua luce verdognola. Avevo anche cercato di leggere, ma senza risultato: il pensiero fisso della Marinin mi tormentava senza un briciolo di tregua. Alla fine mi ero appisolata esausta sulla poltrona dello studio, poi, infreddolita, ero tornata a letto dove, finalmente, ero piombata nel sonno. La mattina mi ero svegliata almeno dieci minuti prima che suonasse la sveglia sobbalzando sul cuscino: ma certo! Era chiaro! Come avevo fatto a non pensarci prima? Piano, però: prima dovevo assolutamente verificare un particolare e accertarmi che davvero tutte le tessere del mosaico combaciassero. L'unica in grado di aiutarmi era Cinzia, ma non potevo certo telefonarle a quell'ora... Avevo inzuppato due grissini nel tè, poi mi ero vestita di fretta, animata da una frenesia quasi incontrollabile, sicché ero arrivata in casa editrice ben prima del solito. Ovviamente Gian Paolo era già là, a fumarsi la prima sigaretta della giornata davanti al computer.

– Cosa ci fai già qui a quest'ora? Non mi farai mica nevicare... Che la Mariella venerdì vuole andare a Laigueglia e se è brutto mi fa due palle tante!

– Una nottata d'inferno! Non sono quasi riuscita a chiudere occhio...

Avevo letteralmente buttato il giubbotto di jeans sull'attaccapanni d'ingresso e, accaldata, mi ero tirata su le maniche della camicetta.

– Non sei stata bene?

– Mi deve essere rimasto lo stinco sullo stomaco... La solita pizzeria era stracolma, così siamo andati a mangiare in una trattoria appena aperta: una vera schifezza!

– Anche la Mariella ha la fissa dello stinco: ma lei compera quelli precotti al supermercato. Immangiabili.

– Dev'essere stato precotto pure quello... Di peggio non so pensare. Fra un caffè e l'altro avevo tirato fino al primo pomeriggio quando, con quella gentilezza ruvida che gli è propria, Gian Paolo mi aveva spedito via. Così ero filata a fare un po' di spesa, al mercato di via Gramsci, poi mi ero subito precipitata a casa per telefonare a Cinzia. Forse era un po' presto, però... Così avevo sistemato per bene la verdura nel frigo, fatto una lavatrice, lavato a mano quattro cosette. Alle sei in punto avevo chiamato.

– Sono quella rompiballe della Nadia. Come va?

– Mi hai beccata per un pelo: sono appena rientrata dall'ufficio. Avete mangiato bene ieri sera? Noi abbiamo deciso di restare a casa. Angelo fra qualche giorno ha l'orale del concorso ed è agitato da matti. Insopportabile.

– Me l'ha detto Carla. Comunque non vi siete persi niente; siamo andati alla Luna nel pozzo. Un posto immondo. Nel pozzo dovrebbero buttarci il cuoco. E con lui tutto il pentolame, così non si corre il rischio che ne esca troppo facilmente... E in più è anche caro: a tua sorella han fatto pagare quindici euro un piatto di penne col sugo di cinghiale che era da tirargliele dietro. Fatti raccontare... Lorenzo era tanto furibondo che ha fin pensato di mandargli un controllo dell'Asl!

– Certi ristoranti se lo meriterebbero proprio. A cadenza settimanale.

– Senti, ti ho telefonato per chiederti un favore. Anzi due: il primo è di non farne parola con la Carla. Già pensa che la questione della Marinin mi abbia fatto partire di cervello...

– Ancora la Marinin?

– Giuro che poi non vi stresso più. Dovresti chiedere a tua zia se si ricorda di preciso quando sono arrivati i croati dall'avvocato. Se non mi sbaglio la moglie va a far la spesa da lei...

– Vuoi dire Andro? Se è per questo te lo posso dire anch'io; attorno all'undici di novembre. Ne sono certa perché grossomodo erano i giorni vicini a San Martino: la data in cui i mezzadri un tempo si installavano nelle nuove cascine. Naturalmente è un caso, però in paese, soprattutto i vecchi, l'hanno notato tutti. Ma a te che t'importa? Cosa c'entrano Andro e sua moglie con la Marinin?

– Niente, niente… era solo una curiosità… Mi raccomando, acqua in bocca con Carla. A presto! Un bacio al pupo.

Inutile dire che era rimasta perplessa. Adesso anche lei avrebbe pensato che mi ero completamente rincitrullita. Però avevo saputo quello che volevo sapere. E le cose quadravano perfettamente. Dovevo assolutamente chiamare Prini.

Il giorno dopo, non senza un certo imbarazzo, avevo composto il numero della Questura. Al centralino me lo avevano passato subito. La consueta musichetta, poi:

– Dottoressa, che piacere! Ma lo sa che stavo giusto per telefonarle?

– Ah sì? – gli avevo risposto un po' confusa: perché mai avrebbe dovuto telefonarmi?

– Non ci crederà, ma abbiamo risolto il caso. Il "suo" caso, intendo! Non potevo certo esimermi dall'informarla. Almeno si mette il cuore in pace e la finisce di ordire oscuri complotti ai danni di noi poveri celerini. *Ahhrr ahrr*. – «Cazzo! C'era arrivato anche lui! E forse prima di me!» – Ma lei come mai mi cercava? Qualche problema?

– No, no. Era solo per farle un saluto. – Mi ero fatta coraggio – E chi sarebbe il colpevole?

– Potremmo pranzare insieme così le racconto tutto. Ho ancora qualche pratica da sbrigare ma per l'una e mezza penso di farcela. Solito posto?

– Solito posto.

Il resto della mattinata era passato in maniera assolutamente inconcludente: guardavo continuamente l'orologio che pareva avesse le lancette inchiodate. Tutto sembrava andare al rallentatore… E in più le cose che avevo da sbrigare, manco farlo apposta, erano di una noia mortale. Verso le undici ero scesa a prendere un caffè, nel bar di fronte. Mi ero seduta a un tavolino fuori e avevo acceso una sigaretta sbirciando il giornale. Una scusa come un'altra per restare un po' sola con i miei pensieri: allora non era vero che avevano abbandonato il caso! Se no come avrebbero fatto a scoprire la gabola? Mica potevano avere parlato con la zia della Cinzia… E allora? Maledetti questurini!

Ero stata fuori più di mezz'ora ma, stranamente, Gian Paolo si era astenuto dal canonico cazziatone. Tutto scorreva tranquillo, come sospeso. Perfino Marcello, in canotta rossa, armeggiava mite con carta da pacchi e spago senza inveire contro l'universo. Anzi, canticchiava sommesso una canzonetta West Coast. Sempre la stessa. Per oltre un'ora. Ero sul punto di esplodere.

Finalmente l'una. Saluto rapido al capo e via, giù per le scale. Non avevo preso neppure il giubbotto. La giornata era radiosa. Mi ero incamminata lentamente lungo via XXV Aprile sbirciando annoiata le vetrine dei negozi, poi, raggiunta De Ferrari, avevo allungato il passo scendendo svelta verso piazza della Vittoria, attenta a schivare i drappelli di impiegati che dagli uffici sciamavano in direzione degli esosi baretti, meta obbligata della loro pausa-pranzo. Quando ero arrivata al famoso "solito posto" Prini era già là, seduto al "solito tavolo": si era tolto la giacca dell'abito grigio, ora appoggiata allo schienale, rimanendo in camicia, con le maniche rimboccate. Era allegro e cordiale. Fin troppo… Forse per mascherare il suo essere un tantino turbato per quel bel casino che era riuscito a metter su con me. Avevo ordinato un'insalata misto-mare, pur nella certezza che crostacei e molluschi fossero senz'altro congelati. Lui un piatto di fusilli con broccoli e roquefort: emanava un tanfo micidiale! Ero andata subito al sodo:

– Così l'avete preso…

– Già! Non s'aspettava che le forze dell'ordine fossero così efficienti, vero?

Sprizzava soddisfazione da tutti i pori. Io avevo addentato una gamba di calamaro: come previsto, più dura di una pietra.

– A dire il vero qualche dubbio l'avevo... E chi sarebbe il colpevole?

– Un ex dipendente dell'avvocato Bruzzo: Miran Blažetić.

Riuscivo a malapena a mascherare il disappunto.

– Ah! E come avete fatto a scoprirlo?

«Ora tira in ballo la zia della Cinzia e mi viene un travaso di bile!» avevo pensato mentre con la forchetta rovistavo svogliatamente in quell'agglomerato di lattuga, valeriana e pesce scadente che avevo sotto il naso.

– Per caso. Per un purissimo caso.

«Va' che culo che ha questo stronzo: io mi faccio un mazzo quadro rompendo le palle a tutto l'Alto Monferrato e lui ci arriva per caso!»

– Allora? – friggevo sulla sedia...

– Lo scorso venerdì i miei uomini hanno fatto una perquisizione in un appartamento del centro storico, subaffittato a un cittadino croato, senza permesso di soggiorno, che da tempo sospettavamo di spaccio di droga. Di eroina non c'era la minima traccia; è saltata fuori solo un po' di coca banalmente nascosta sotto il materasso. Ma nella cassetta dello sciacquone, fissato con due strisce di cerotto, abbiamo trovato un involucro di plastica con dentro qualche monile d'oro. Più o meno le cose corrispondevano a quelle di cui la signora Merlo aveva denunciato la scomparsa, sottratte alla madre il giorno che è stata uccisa. Così l'abbiamo convocata in Questura per il riconoscimento, che è stato positivo.

Non capivo.

– Ma Miran non è mica clandestino... Almeno non mi pare... Poi non ha mai avuto a che fare con la droga, a quanto si dice in paese...

– Ora le spiego: il presunto spacciatore alla vista della refurtiva ha subito affermato di non saperne alcunché e di non aver mai minimamente sospettato della sua presenza in casa propria. Dopo un bel po', messo alle strette, e soprattutto spaventato dalla prospettiva di essere incriminato per omicidio, ha ammesso che talvolta ospitava un suo connazionale...

– Miran?

– Miran! Strano a dirsi, trovarlo è stato piuttosto facile. E lui ha immediatamente confessato.

«Niente da dire: proprio un gran culo!»

– E com'è che l'avrebbe uccisa?

– Prima l'ha tramortita con una botta in testa, poi l'ha strangolata con le calze elastiche.

– Questo lo sapevo! – cominciavo a spazientirmi – Volevo dire perché, per quale ragione...

– Banalmente, una truffa andata male: girava di casa in casa facendosi passare per il rappresentante di un'organizzazione che raccoglieva fondi a favore degli orfani delle vittime di guerra nella ex-Jugoslavia. Insomma, chiedeva denari che poi si intascava. La Mammoliti l'ha riconosciuto e si è messa a strepitare che l'avrebbe denunciato, lui si è fatto prendere dal panico e l'ha colpita. Quindi, rendendosi conto di avere peggiorato la situazione, ha deciso di toglierla di mezzo nella speranza di farla franca. E ci sarebbe riuscito, se accidentalmente non avessimo rinvenuto gli ori arraffati in fretta e furia per far credere che si trattasse di uno dei molti furti ai danni di vecchiette incaute.

– Che poi è esattamente quello che avete creduto fin dall'inizio...

– Già. Però alla fine l'abbiamo preso lo stesso.

– Morale della favola: il delitto non paga.

Nel frattempo aveva finito di ingurgitare l'ultima forchettata di fusilli, chiedendomi se, benché contrario al galateo, poteva fare "scarpetta". La mia insalata languiva nel piatto senza che io l'avessi quasi toccata. In compenso mi ero fatta fuori praticamente mezza bottiglia di lumassina. Ero di umore patibolare. Nell'attesa che lui finisse il dolce avevamo fatto ancora quattro chiacchiere: le vacanze, i rispettivi gusti in fatto di vini, l'ultimo romanzo letto. Poi c'eravamo alzati e mi aveva salutato con un inaspettato slancio d'affetto, stampandomi un bacio sulla guancia. Avevo ricambiato senza trasporto. Incredibile come basti un niente a cambiare le cose…

Epilogo

– Ciao Ale, sono io, Nadia. Avrei bisogno di parlarti: lo trovi un po' di tempo per me?

– Dipende quando: in questo periodo sono incasinatissimo!

– Solo in questo periodo? Pensavo venerdì sera o sabato: *imbriccato* come sei non posso venir su con la sveglia che l'indomani mi sfonda i timpani alle sette.

– Allora facciamo sabato. Se vuoi puoi fermarti a dormire da me…

– Vediamo al momento. Per le otto?

– Ti porto a mangiare in un agriturismo dove non sei ancora stata.

Avevo risalito la val Fontanabuona in mezzo a un tripudio di castagni fioriti finché Lorsica era emersa dal folto del verde. Lo vedevo di rado, Alessandro. Almeno da quando aveva deciso di stabilirsi nella casa dei nonni, lontano dalla città: indubbiamente il posto ideale per chi, come lui, per vivere, i libri li scrive, mica si limita a correggerli. Ma è una persona su cui so di poter sempre contare: quando ne ho bisogno lui c'è. Ogni volta.

Mi aspettava seduto sulla panca di pietra addossata al muro della casa, nella luce rosata del tardo pomeriggio. Convenevoli essenziali: i miei, i suoi, il lavoro… Poi c'eravamo inerpicati con l'auto su per una stradina, un po' asfaltata, un po' inghiaiata, fino a un cascinale che esibiva una specie di insegna d'ardesia su cui era inciso in bassorilievo un piatto ricolmo di formaggi e salumi, con due fiaschi di vino a far da sfondo. I proprietari avevano accolto Alessandro con un calore tale da farmi sospettare che nell'avvio dell'attività ci avesse messo quantomeno lo zampino. I tavoli erano tutti pieni, ma la distanza fra l'uno e l'altro faceva sì che il locale non sembrasse troppo affollato: ci avevano sistemati in un angolo della veranda, davanti a una vetrata che dava sulla vallata. Le tovaglie a quadretti bianchi e rossi, stranamente, in quel contesto non sembravano neppure banali.

– *Giancu* o *russu*?

Il cuoco, grasso e rubizzo, che era uscito dalla cucina per salutare Ale, ci aveva fatto l'onore di prendere personalmente l'ordinazione. Forse nell'intento di servirci qualcosa di speciale.

– Io preferirei rosso...

– Guarda che Dria ha dello sciachetrà sublime...

– Di quello vero?

– Vero, vero, signorina! Lo fa il cugino di mia moglie, che è di Corniglia!

– Allora vada per lo sciachetrà...

Gli antipasti erano iniziati ad arrivare con un ritmo allarmante.

– Raccontami un po' qual buon vento ti ha soffiata fin quassù.

– Ho bisogno di un tuo parere... più che altro ho bisogno di sfogarmi.

Nel frenetico susseguirsi di verdure ripiene e torte salate avevo ripercorso la pietosa vicenda della Marinin, senza lesinare sui dettagli relativi al quadro parentale: lo Scianca, Bruzzo, i croati, la figlia stronza, la cognata. Infine avevo esposto con sufficienza la tesi "ufficiale", quella che Prini mi aveva propinato come contorno all'orrida insalata.

– Perché? Secondo te non è andata così?

Intanto la prima bottiglia era bella che finita.

– Certo che no! Hanno preso un granchio colossale!

– E chi sarebbe il colpevole?

– Miran, naturalmente!

– E allora?

Gli occhi, sotto il ciuffo ormai brizzolato, gli brillavano di una curiosità perplessa. Dal tavolo di fronte una bella ragazza bruna ci guardava con condiscendenza. Sicuramente pensava che fossimo fidanzati. Oppure amanti. O forse era attratta dalla timida bellezza del mio commensale: lineamenti perfetti su un fisico un po' allampanato, dita lunghissime da pianista. Magari mi invidiava...

– È il movente, capisci? È il movente che hanno *ceffato* in pieno! Si sono bevuti quello che gli ha detto Miran e se ne son lavate le mani: caso chiuso, liberi tutti e buonanotte.

– Il croato di sicuro ora libero non è...

– Figurati! Omicidio preterintenzionale... Reo confesso... Incensurato... Col patteggiamento fra poco è di nuovo in circolazione!

– Invece?

– Seguimi bene: partiamo da una decina d'anni fa...

– Sarà meglio farci portare un'altra bottiglia.

Al suo cenno la padrona si era avvicinata solerte, con un bel sorriso stampato su due labbra che non dovevano aver mai conosciuto il rossetto.

– Per me, la soffiata che avevano avuto i carabinieri sulla partita di armi di contrabbando era pienamente fondata: è arcinoto che un fiorente traffico illegale di armamenti, munizioni, perfino divise, provenienti dai paesi occidentali – Italia compresa – foraggiava le milizie croate, e con esse una discreta dose di gruppi paramilitari neofascisti e neonazisti accorsi a dar manforte ai camerati slavi.

– Be'?

– Sono praticamente certa che l'avvocato fosse coinvolto in quel traffico, non so se per denaro o soltanto per passione politica.

– Come fai a dirlo?

– Aveva frequentato quei posti per anni, per via della caccia. E forse non solo... Magari ha fatto amicizia con qualche fascio locale par suo. Inoltre continuava a intrattenere una fitta corrispondenza con Tuzla, il centro nevralgico del mercato clandestino, anche nel pieno della guerra. E poi c'erano tutti quei croati che andavano e venivano da casa sua. Quelli che sappiamo e quelli che non sappiamo.

– Allora quella notte...

Teneva il bicchiere in mano – il classico *gotto* da osteria – sorseggiando il vino lentamente, per gustarlo a fondo.

– Quella notte il furgoncino sospetto era pieno zeppo di mitra, mitraglie, bazooka e robe simili! Sfortuna ha voluto che i carabinieri abbiano esitato di fronte al cancello di Bruzzo, credendo impossibile che una persona così "perbene" potesse essere immischiata in affari loschi. Così hanno chiamato il maresciallo per consultarsi con lui. Nel tempo che questo ci ha messo ad arrivare, l'avvocato ha sistemato le cose: le armi "vere" sono state occultate – intanto figurati se si sarebbero presi la briga di andare a frugare nei *rebighi* della villa di un principe del foro! – e sostituite con dei residuati della Seconda guerra mondiale, di cui quelle zone sono ancora discretamente fornite. Per rendere credibile la soffiata, infine, è stata messa in giro ad arte la balla del fucile del re d'Italia, che magari Bruzzo aveva già da tempo acquistato sotto banco per rimpinguare la sua bella collezione.

– Dunque credi che quel pezzente dello Scianca fosse un corriere al servizio di trafficanti internazionali?

– Ma dài! Lo Scianca lo hanno tirato giù dal letto nel cuore della notte per coprire chi veramente era alla guida del camioncino! Gli hanno promesso un bel gruzzolo perché si prendesse la colpa di un reato in fondo risibile: quattro ferrivecchi e, al massimo, uno schioppo d'antiquariato!

– E chi avrebbe coperto? Miran?

– A parer mio no: era troppo conosciuto in paese. Ci voleva una faccia poco nota, uno che se anche fosso stato visto, o magari beccato, non sarebbe stato messo in relazione con l'avvocato. Secondo me era Andro, il futuro cognato, poco più che ventenne. L'avranno tenuto nascosto in cascina per qualche tempo, fino a quando le acque non si fossero calmate. Poi via, con tutto l'armamentario al seguito, di nuovo a casa sua. E non è detto che fosse la prima volta. Nemmeno l'ultima.

– Sì, ma che c'entra con tutto il casino successivo? L'hai detto tu: son passati dieci anni!

Nel frattempo erano arrivate due *fiamenghille* ricolme una di *corzetti* al pesto, l'altra di trofiette di farina di castagne con la salsa di noci. Nessuno le aveva ordinate: evidentemente il menù era fisso. Tanto abbondante da ammazzare un toro.

– Seguimi bene: dopo chissà quante traversie certo non piacevoli, Andro sposa la sorella di Miran e decidono di venire a stabilirsi in Italia, dove senz'altro si sta meglio che in quei posti martoriati. Poi Bruzzo paga bene e la Gaggina è una tenuta tranquilla e fuori mano. L'ideale per sparire: non è escluso che, visti i maneggi in cui era immischiato durante la guerra, temesse di avere qualche guaio con la legge. Oppure qualcuno di là ce l'aveva su con lui, per questa o per altre storie.

Alessandro si era tirato giù una discreta porzione di trofie. Il mio piatto continuava a rimanere vuoto.

– Dovresti assaggiarle: sono ottime!

– Adesso non mi va, son già mezza piena. Se mai mangio il secondo... Insomma, tutto sarebbe stato perfetto, ma...

– Ma?

– C'era lo Scianca fra i piedi! Senz'altro quella notte dei fucili aveva visto in faccia Andro, e avrebbe potuto riconoscerlo.

Probabilmente l'aveva visto anche la Marinin; ficcanaso com'era, vuoi che dopo essere stata svegliata nel pieno del sonno non si fosse presa la briga di andare a dare un'occhiata a quello che stava succedendo?

– Dunque lo Scianca li avrebbe ricattati?

– No, non era il tipo… Comunque non gliene hanno dato il tempo: gente simile è abituata a giocare d'anticipo. O, semplicemente, avevano paura che, con Andro in giro per il paese, allo Scianca gli si rinfrescasse la memoria e, magari quand'era un po' bevuto, andasse a rivangare il fattaccio: certe voci, fondate o infondate che siano, a passare di bocca in bocca ci mettono un niente! E il progetto di Andro di cancellare con un colpo di spugna il suo passato sarebbe andato a farsi benedire… Adesso, oltretutto, a differenza di allora, come siano andate veramente le cose nella ex-Jugoslavia è ben chiaro a molti, se non proprio a tutti. Metti che la faccenda arrivasse alle orecchie di qualcuno, tipo me, a cui venisse l'uzzolo di andare a scavare più a fondo…

– Ma lo Scianca non è morto schiacciato dal trattore?

– È quello che hanno voluto far credere. La figlia mi ha detto che la morte è stata provocata da un trauma cranico, che ha battuto la testa su un sasso… Ma, viste le circostanze, nessuno sarà certo andato ad approfondire…

– Invece?

– Ecco come la vedo io: appena Andro e la moglie sono arrivati in quel di Carpeneto, prima che la notizia si diffondesse, i due cognati vanno a cercare lo Scianca, guarda caso mentre si trovava nella vigna più fuori mano, e l'ammazzano. Con un bel colpo in testa. Poi gli ribaltano addosso il trattore e lo innaffiano per bene di grappa, in modo che fosse più facile credere che un contadino esperto come lui avesse fatto la stessa fine che fanno tanti giovincelli.

– Omicidio premeditato?

– Non è detto: è possibile anche che Miran e Andro volessero soltanto assicurarsi che tenesse il becco chiuso, o avessero intenzione di intimidirlo, e lo Scianca, con il caratteraccio che si ritrovava, abbia reagito male. Anche in questo caso, comunque, avrebbero avuto modo di andare a recuperare una bottiglia di grappa con tutto comodo: con lo sterrato la Gaggina sarà al massimo dieci minuti di macchina, e pensa che il corpo è stato trovato più di due ore dopo e per un purissimo caso.

– Bene. Ammettiamo pure che sia andata così... Ma la Marinin?

Avevano sostituito rapidamente i piatti, e fatto spazio fra bottiglie, bicchieri e cestino del pane per piazzarci una teglia di terracotta stracolma di coniglio in umido con olive e pinoli. Mi ero subito messa a scandagliarla impaziente alla ricerca di fegato, cuore e minutaglie varie. Avevo anche pinzato una bella coscetta.

– Morto il marito, la Marinin si era tolta di mezzo da sola andando a rompere le scatole a figlia, genero e pargoletto: visto che ormai si era stabilita a Genova non c'era più nessun pericolo che potesse incontrare Andro, riconoscerlo e rovinare tutto cianciando in giro di quella notte sciagurata. Ma...

– Ma?

– La sfiga ha voluto che qualche mese fa morisse suo cognato, il marito della sorella dello Scianca. Il precario equilibrio dei rapporti famigliari ha fatto il resto: la Marinin non ne poteva più di essere confinata in un appartamento cittadino, dove non conosceva nessuno e bisticciava con tutti. Anna non ne poteva più di sua madre e dei continui litigi, che fra l'altro fanno tanto basso proletariato urbano. La neo-vedova paventava un futuro di solitudine, con figlia e nipoti così lontani. Così la Marinin decide di tornare al paesello e stabilirsi dalla Rosina, e per Andro torna a profilarsi il rischio di finire sputtanato.

– Allora Miran sarebbe corso ai ripari…

– Sì. E la breve vacanza dei Cigala gli aveva porto l'occasione su un piatto d'argento. Per carità, avrebbe potuto anche farne senza. Anna e suo marito sono fuori tutto il giorno, e nel pomeriggio il mio condominio è il deserto dei tartari… Prima deve aver suonato a tutti i citofoni, per vedere chi in quel momento fosse in casa. C'ero solo io, che però, come mia abitudine, non avevo risposto. A questo punto suona anche a lei e le racconta qualche balla, tipo «pubblicità in cassetta!» o «il bollettino della parrocchia», va' a sapere. Oppure si era procurato una chiave che aprisse il portone: per persone di quella risma una serratura così comune non costituisce certo un problema… Quando le si è presentato dalla porta, e l'ha visto dallo spioncino, quella povera donna gli ha aperto. Non aveva ragione di non farlo, in fin dei conti lo conosceva bene, aveva lavorato col marito per diversi anni, non c'erano mai state grane… Come poteva immaginare?

– Già, come poteva?

– A questo punto il gioco è fatto. Le assesta un bel pugno sulla zucca per tramortirla e la strangola con le calze elastiche che erano ad asciugare sul termosifone. Poi le strappa collana e orecchini e prende quel po' d'oro che era in bella vista sul comodino, in modo da far pensare al furto di un balordo occasionale. E se ne va. Scende in ascensore fino al portone di servizio, che è il meno frequentato, e stacca la corrente del caseggiato.

– E perché?

– Forse per far pensare a un pretesto che spiegasse come mai la Marinin avesse aperto la porta a uno sconosciuto, e avallasse la tesi del truffatore porta a porta: in questo caso mascherato da operaio incaricato di verificare le ragioni del guasto. Forse soltanto per complicare un po' le cose a chi fosse sopraggiunto per primo. O per aver più tempo per dileguarsi indisturbato nel caso che, malauguratamente, qualcuno nel palazzo ci fosse stato, e si fosse accorto di qualcosa.

Continuavo a rigirare senza voglia il cucchiaino nel gelato alla pesca produzione-della-casa che ci avevano servito in una bella tazza di ceramica bianca e turchese, e che avevo ridotto a un'orrida pappetta.

– Che faccio? Dico tutto a Prini? Secondo te mi crede?

– Io lascerei perdere...

– Ma così va a finire che Andro la fa franca. E Miran se la cava con ben poco!

– Vieni, usciamo a fumare una sigaretta.

Ci eravamo seduti su un dondolo rivestito di stoffa a fiori. L'aria era tiepida e odorava di erba tagliata di fresco.

– Vedi, a me sembra che le cose, così come sono andate, abbiano un fondo di buono...

– Di buono? Vabbe' che sei un filosofo, ma come fai a dire simili scemenze?

– Pensa a Miran: un mezzo delinquente privo di scrupoli, senz'arte né parte, che si barcamena nel piccolo cabotaggio malavitoso lontano dal suo paese dove, se torna, rischia di passare l'anima dei guai.

– E allora?

– Ammazza due persone – sempre che la tua teoria sia giusta – per consentire alla sorella, che anche lei chissà quante ne ha passate, di vivere una vita normale: non ricca, non felice, soltanto normale. E a suo figlio di crescere al sicuro, con i genitori, e magari diventare una persona onesta, tranquilla, come tutti: studiare, lavorare, farsi una famiglia, avere un'esistenza che è banale per noi, non per loro. Per questo se ne prende interamente la colpa, proteggendo il cognato. Scelta che per lui può avere conseguenze drammatiche, rischiando minimo minimo l'estradizione in un paese a cui in fondo non sente di appartenere più e dove, con tutta probabilità, visti i trascorsi, non è certo benaccetto.

– Praticamente un martire... Vittima sacrificale immolata sull'altare della pace famigliare... Ma fammi il piacere!

– Non essere sempre così dura. Guarda il lato positivo delle cose... Sono fatti lontani: a volte bisogna avere il coraggio di metterci una pietra sopra. E andare avanti. E poi si tratta di pesci piccoli, di poveri disgraziati... Anche se scoppiasse la *bugna* non cambierebbe nulla; ci sarebbe soltanto una ragazzina con un figlio neonato che non sa dove sbattere la testa.

– Pesci piccoli... E l'avvocato? Quello tanto piccolo non me lo pare...

– L'avvocato? Ma l'hai detto tu che è un principe del foro e superfascio, ammanigliato con politici di mezzo arco costituzionale! Con gli appoggi che ha, una roba così se la spalma sul pane a colazione. E dopo ci beve su un buon caffè... Figurati! Non ci sono prove: solo illazioni di una correttrice di bozze mitomane con simpatie extraparlamentari. Ti si fanno fuori in un sol boccone. E usano gli ossicini come stuzzicadenti... Mi sembra di vederlo il tuo amico poliziotto...

– Vicequestore. E poi non è mio amico: lo conosco appena.

– ... mi sembra di vederlo: tempestato di telefonate romane che minacciano un trasferimento nel Sulcis.

– Un po' se lo meriterebbe...

– Da' retta a me: lascia perdere!

Ormai dentro stavano riassettando. Eravamo rimasti solo noi a cianciare e sfumacchiare sul dondolo. La mezzanotte era passata da un pezzo. Ale era entrato a pagare e io avevo iniziato a incamminarmi verso lo spiazzo di terra battuta dove era rimasta soltanto la nostra auto. Le stelle brillavano come fanali in un cielo appena rischiarato da una falce di luna sottile e opalescente. Mi mancava Valerio. Ancora una manciata di giorni e finalmente l'avrei raggiunto. Respiravo il profumo dolce delle acacie fiorite, e in quel momento, per un momento, mi ero sentita quasi felice.

Glossario

abelinato: sciocco, tonto
anguscia: nausea
bardasciamme: ragazzotto
battitene u belin: frégatene
belinata: stupidaggine
besagnino: verduraio, così chiamato in quanto un tempo la verdura proveniva in prevalenza dagli orti della Valbisagno
bratta: fango
bugna: letteralmente, enfiatura; per traslato, problema
carrugio: vicolo
ceffare: prendere una cantonata
ceto: pettegolezzo
ciappa: lastra di pietra o ardesia
ciattella: pettegola
corzetti: pasta di forma piatta e rotonda
domandare: nella locuzione *andare a domandare* equivale a chiedere l'elemosina
fantino: scapolo
fiamenghilla: grosso piatto fondo da portata
figieu: bambino
fumasci: vampe di calore, caldane
giancu: bianco
gotto: bicchiere di vetro spesso privo di stelo

imbelinirsi: rincitrullirsi
imbriccato: inerpicato sui *bricchi*, ovvero sui monti
inscemelito: rincitrullito
intagliarsela: arrivare a capire qualcosa di sottaciuto, intuire
legera: persona di malaffare
licche lacche: così e così
luvego: umido e scuro
magone: groppo in gola che prelude al pianto
mappe: cardini della porta o degli sportelli
mascata: schiaffo
megu: medico
mettere a perdere: sollecitare con insistenza
muccetto: piccola crocchia di capelli
Pamattone: quartiere di Genova dove ha sede il Comando dei Vigili urbani
perdaballe: perditempo
persa: maggiorana (anche se le vecchie genovesi che si sforzano di parlare in italiano traducono erroneamente il termine con "perduta")
pru: piacere
rebigo: anfratto
rumenta: spazzatura
russu: rosso
SOMS: Società di Mutuo Soccorso
stancacervelli: dicesi di persona logorroica
straccionata: caduta rovinosa
sussare: succhiare, sorbire (anche in senso figurato)
tapullo: riparazione di poco conto
tony: giacca e pantaloni, o tuta blu che indossano gli operai

Della stessa autrice

Brossura - pp. 224 - euro 6,90

Nadia Morbelli

Amin, che è volato giù di sotto

È una gelida sera d'inverno a Genova e Nadia Morbelli, uscita tardi dal lavoro, imbocca infreddolita un carrugio. All'improvviso però si trova davanti ciò che a prima vista sembra un grosso sacco della spazzatura. Ma una volta vicino, si rende conto con orrore che quel fagotto in realtà è un ragazzo morto. Sicuramente un clandestino. Forse un tossico. Probabilmente suicida. Dopo lo choc iniziale, Nadia non resiste alla tentazione di saperne di più e inizia la sua personalissima indagine, mentre il povero vicequestore Prini si preoccupa di tenere l'amica ficcanaso lontana dai guai. Perché di guai grossi si tratta, se Nadia scopre perfino di essere pedinata da un fascinoso agente dell'Interpol...
Un giallo scoppiettante e intelligente, e una Genova da togliere il fiato. Il secondo avvincente caso dell'investigatrice "fai da te" più simpatica e impertinente che ci sia.

Nadia Morbelli

La strana morte del signor Merello

È una sonnacchiosa domenica estiva nelle campagne del Basso Piemonte, quando la quiete pomeridiana di casa Morbelli è interrotta da una visita inaspettata. Sono i nuovi vicini, appena trasferiti da Genova al casolare lì sotto, appartenuto a un loro parente, il signor Merello, morto qualche tempo prima in circostanze singolari. Alla curiosa Nadia Morbelli basta questo particolare per drizzare subito le antenne: il signor Merello morto per avvelenamento da funghi? Eppure quell'anno sulle colline della zona non ce n'era traccia! Impossibile non indagare, soprattutto quando salta fuori che Merello possedeva ben tre quadri di Depero nonostante facesse la fame. Testarda come un mulo, Nadia è decisa a vederci chiaro. Tra una degustazione di vini pregiati e una cena a base di succulenti piatti liguri, finirà dritta a Zurigo, sul luogo di un altro delitto. E in un mare di guai, per la disperazione del vicequestore Prini, sempre più intimo amico... Il terzo appassionante caso per l'irresistibile investigatrice "fai da te".

MISTO
Carta da fonti gestite
in maniera responsabile
FSC® C023419
FSC
www.fsc.org

Stampato presso Lego S.p.A.
Stabilimento di Lavis